INK INK INK INK INK
INK INK INK INK INK INK
INK INK INK INK INK
INK INK INK INK INK INK
INK INK INK INK INK
INK INK INK INK INK INK
INK INK INK INK INK
INK INK INK INK INK INK
INK INK INK INK INK
INK INK INK INK INK INK
INK INK INK INK INK
INK INK INK INK INK INK
INK INK INK INK INK
INK INK INK INK INK INK
INK INK INK INK INK
INK INK INK INK INK INK
INK INK INK INK INK
INK INK INK INK INK INK
INK INK INK INK INK
INK INK INK INK INK INK
INK INK INK INK INK
INK INK INK INK INK INK
INK INK INK INK INK

中國歷代
06 爭議人物

功高震主
岳飛

楊蓮福◎著

前言

朱仙鎮，古稱四大鎮之一，與南海佛山等鎮齊名，地理位居南北往來的交通要地，更是進入北宋舊都汴京（今開封）的重要孔道，故它的戰略位置十分重要，是古代兵家必爭之地。今日，雖然隨著水運日益沒落，它的重要性不似往日，但它在歷史上的地位，仍有不可抹殺的一頁滄桑史，其中，最著名的史事，莫過於南宋名將岳飛的朱仙鎮大捷。在朱仙鎮一地，勝利的戰果將岳飛的一生帶入顛峰。同時，厄運卻也隨之而來，一樁政治大陰謀正在醞釀著，不幸也將降臨在這位年輕將領的身上。

南宋高宗紹興十年（一一四〇年），岳飛正值三十八壯齡，金兵傾大兵渡河南犯，防守前線的將領劉錡頻頻告急。岳飛接到詔旨，奉命前往馳援，他一方面命部將經略西京諸郡（洛陽一帶）；一方面又命太行山壯士梁興渡河，去招撫兩河義士，組織忠義軍，屏障河東一帶；自己則親率主力大軍東援劉錡。

在郾城一地，岳飛令兵士以麻札刀迎戰金軍，金人以拐子馬爲勁軍，自恃無敵。不料，岳家軍專以麻札刀砍馬足，使得拐子馬的功能完全失效，不能再行，終於狼狽而逃，金將兀朮大懼，仰天悲號說：「從海上起兵到現在，都是靠『拐子馬』獲勝，這一下可完了！」

郾城一役，岳家軍大敗金兵，震動中外。岳飛便向高宗奏郾城捷：「梁興等人結合了兩河諸義士，號召起義，顯示人心願歸朝廷。而今日郾城一役，金兵大敗，正是中興大業的好機會。」因此岳飛便率軍進入朱仙鎮。

岳家軍要進軍朱仙鎮的消息，馬上傳遍了兩河一帶，一時之間，諸路豪傑皆以「岳」爲旗號，願歸宋廷。各地百姓紛紛挽車牽牛，載著大批糧食、美酒來迎王師，甚者，有人焚香膜拜以迎岳家軍，沿途之間，盡是人潮鼎沸，歡聲雷動。更有人具體表現在拒絕加入金兵的行列，兀朮想要在河北諸郡招募大軍，但卻無一人參加。可想而知，岳飛進軍朱仙鎮的消息，已振奮了兩河百姓，使得金人也感到了威脅，不得不密令秦檜加緊陷害岳飛的計畫，以解除眼前的危機。

朱仙鎮距離汴京僅有四十五里路遠，岳飛自進軍朱仙鎮後，聲名大噪，連金兵的漢人將領也耳聞其名，願暗中接受他的命令，從北方來歸降，金將韓常更願以五萬人歸附，怪不得岳飛要志得意滿地說：「直搗黃龍府後，再和諸將痛飲一番，以示慶賀。」

正當岳飛和他的將領積極準備渡河之時，後方的臨安城內，高宗和秦檜不願看到這種情勢繼續發展下去，恐會危及高宗的帝位和秦檜的權勢，他們開始密謀和議之策，並且要阻止岳飛的「破壞之舉」，不得已之時，可速召岳飛回京，免得壞了和議的大計，阻礙了整個局勢的發展。

在高宗下詔命岳飛班師前，爲了掩人耳目及防止岳飛的抗拒，秦檜建議高宗先調回在前線的韓世忠、張俊、楊沂中等人，然後再藉口岳家軍孤軍深入前方，只有危險，不可久留，再伺機調回岳飛。

岳飛風聞了京師的傳聞，急忙上奏高宗，表明了此時的情勢，有利於大宋匡復失土，如果喪失了此次良機，以後恐難再有契機。岳飛的一片耿耿忠心，並未打動高宗，反而加深了高宗和秦檜的猜疑，他們唯恐岳飛陣前兵變，則對他們的和議計畫造成嚴重的打擊。所以他們要加快腳步，進行這樁政治陰謀。便在紹興十年（一一四〇年）七月二十七日，連下十二道金牌，命令他停止前進和立即班師回朝，要他隻身回京接受勳獎，催促緊急。一時之間，頗令岳飛措手不及，他也只能扼腕感嘆，東向拜泣地說：「十年來的東征北討，都將毀於一旦。」

朝廷班師詔的消息傳到兩河諸郡時，各地百姓簡直不能接受這項突如其來的打擊，他們剛幻想著東京（汴京）的收復，卻被這一詔令剝奪了他們返回故土的心願，他們有著千百個不甘心。岳飛也瞭解這股民心，但是身爲軍人，以服從爲天職，豈能不忠於君？他只有接受這殘酷的事實，匆匆將帥印移交給部將牛皋，隻身回京。

回京之時，他不願驚動百姓，悄然離去。但是風聞而來的百姓卻絡繹不絕，個個面帶憂傷，依依不捨之情，油然而生，更有人攔下岳飛座騎，痛哭失聲，紛紛訴苦說：「我們大家在將軍進入朱仙鎮之時，焚香、運糧以迎官軍，這是金人都知道的事，如今將軍班師回京，我們將失去依靠，無人來保護我們了。」岳飛看到這種情況，也不禁悲從中來，只得取出高宗詔旨，表明事非得已，不得擅留，一時，哭聲震野。岳飛爲了不悖百姓之意，只得停留五日，以慰百姓之不安，甚至有人建議岳飛以漢上六郡自立，以抗金人，但都爲岳飛所拒。

岳飛回京後，秦檜對他仍存畏懼，害怕他再掌兵權，將不利於自己，所以必欲置岳飛於死地而後快。便命万俟卨用張俊的話彈劾岳飛，再陰謀買人誣陷岳飛，又矯詔嚴予審訊，附會成案，把岳飛下獄，在紹興十一年（一一四一年）十二月，賜死於臨安大理寺獄，得年三十九歲。

看到這段忠臣冤死，小人得志的史事，凡人必然會怨恨秦檜的不忠不義，氣憤高宗的不辨忠奸，對岳飛的忠行義舉又會大加讚嘆一番。可是，理智告訴我們，對史事妄下判斷，會造成歷史的主觀成見。而難以釐清的歷史人物，就像岳飛，他的形象幾乎是隨著時間、朝代迭替而有所變更。支持他的人，說他是忠孝兩全的英雄豪傑；對他有微辭的一方，則又指責他坐擁兵權，個性剛愎任性，不易和人合作，才會在政治鬥爭中慘遭挫敗。而秦檜只不過是受命於高宗，欲加罪於岳飛的政治投機分子，況且時局的演變，似乎使高宗、秦檜等人的和議政策，較有利於南宋的政治穩定，從種種跡象顯示，岳飛只不過是那個大時代環境下的犧牲者，他的頑強足以危害到南宋政權的存在與否。岳飛不僅在政治上和秦檜存在著某種衝突，就是和高宗也存在著某種程度的矛盾。所以當權者才要置他於死地。

從以上諸種懷疑和理智的抉擇，令我們不得不重新檢討岳飛在歷史上的地位，尤其面對他起落顯明、功過爭議的一生，更激起我們對他的好奇。畢竟，時空的隔絕常常會造成我們對史實的錯覺，當我們以一個現代人的觀點，回溯八百多年前的歷史事件時，總不免會羼雜了個人或時代的意識。因此重新檢討史實及歷史人物，賦予現代人的眼光，使其合乎時代的觀點，正是我們所亟欲追求的標的。讓歷史人物重現在你我的眼中，讓他不再只是一個遙不可及的陳年角色。

功高震主

岳飛

目錄

【上　篇】

岳飛傳

一、巨鵬颺天偉人降

在十二世紀初的中國，即大宋朝的徽宗時代，由於宋徽宗對於治理國家大事不感興趣，偏好繪畫、書法、金石等風雅之事，對於道教更是崇拜，曾經建立了玉清神霄宮，封自己爲教主道君皇帝，寵信一些江湖術士，不務國家政事。而帶領徽宗遊玩嬉戲的人，正是蔡京、童貫這一班小人，由於他們對徽宗逢迎諂媚，盡量投其所好，所以甚得徽宗的歡心和寵信，把軍國大事都委託他們。而蔡京、童貫等人就假借政治的力量大肆搜括民脂，歷史上著名的「花石綱」便是這一班人的得力傑作，他們把民間富人庶民的珍奇異物強行蒐羅，以討好徽宗，甚至規定每個地方要進貢一定的珠寶和奇花異石。以至於民間有變賣家產和子女，以換得一花一石，進貢到京師。

同時，爲了裝載這些花石，必須製造巨艦，開鑿運河，破壞橋梁，才能運到京師。因此人民怨聲載道，稍有動盪，天下就將爲之大亂，所以才有了宋江和方臘的叛亂，而他們敢鋌而走險向中央政權對抗，充分表現出民間對北宋末期政權已十分不滿。在內政積弊已深的情形下，外患又虎視眈眈，想要進兵中原，掠奪財物。其中以來自東北亞的女眞族最爲強大，這一支崛起於白山黑水間的戰鬥部落，在英勇驍戰的阿骨打領導之下，消滅了衰退腐敗的遼國，並頻頻向黃河一線逼近，使得宋室處於搖搖欲墜的時刻。而岳飛正是在這種動盪不安的時代中，誕生在河南相州一地。

徽宗繼位三年後的崇寧二年，也就是西元一一〇三年。這一年的二月十五，在距離相州湯陰縣東方約三十五里的地方，有一小聚落，人稱程崗。是夜，有一隻碩大的鵬鳥在程崗的半空中盤旋，時而鳴叫，時而低飛。過了不久，突然在一座民宅的屋頂上方低空盤旋了一會兒，然後就揚長而去。幾個時辰後，這座民宅突然傳出幾聲娃娃嘶喊的哭泣聲，一個新生命已經降臨這戶人家，這戶人家的家長感到興奮，認爲這是一個好兆頭，所以就替這個剛出生的小娃兒取名「飛」，別號「鵬舉」，期望將來這娃兒能似那隻大鳥鵬程萬里，光耀岳家的門楣。

這戶人家正是湯陰岳家，這娃兒正是一代名將岳飛。岳飛的父親名和，在地方上素負聲望，而且急公好義，常常把節省下來的糧食捐獻出來救濟貧苦人家，對於他人的困難，更能適時伸出援手給予幫助。加以生性敦厚溫和，不會因別人無故的刁難，與他人發生爭執，甚至有人侵占他們岳家的農田，岳和也寧願吃虧，而不願與他人斤斤計較，所以頗得鄉人敬重。根據岳氏宗譜的記載，岳飛的祖先遷徙到河南相州之湯陰永和鄉孝悌里，是從岳飛高祖岳渙開始，他生有二子，長子岳成、次子岳德，岳成就是岳飛的曾祖父，岳成與楊氏結婚，生有一子岳立。岳立就是岳飛的祖父，配許氏，生有二子，長子岳和、次子岳睦。岳和正是岳飛的父親，母親姚氏，她對岳飛一生的事業有著重大的影響。

湯陰岳氏數代都以鄉居耕讀爲業，沒有特別顯赫的功績和家世，在岳和時代，家境貧窮，所以無法在科舉一途求得功名。也因此，岳飛的家世對他的前途並沒有多大的幫助。

岳飛尚未滿月的時候，河南一帶的黃河決堤，滔天洪水淹沒了河南的許多地方，包括湯陰一地。頓時之間，湯陰成了水鄉澤國，大部分的屋舍都泡在水中，危急之時，他的母親臨危不亂，倉皇中把岳飛抱住坐在一口大水缸中，順著湍急洪水，漂流到安全的地方，保住了母子的性命，也替岳飛傳奇的一生多增加了一頁插曲。

由於岳飛家境貧困，沒有多餘的錢購買紙筆，所以只有以枯枝代替毛筆，以細沙鋪在地面取代紙張，用克難的方式來練習寫字。因此岳飛練就一手的好字和筆力，著名的「還我河山」、「前後出師表」等書法題字，莫不得力於早年的苦習。年少時代，對他影響最深者，大概就是母親姚氏，因爲早年家貧無法上學，只有依賴母親的教導，學習寫字和接受教育。姚氏常講述古時英雄豪傑的故事，希望他將來能成為頂天立地的男子漢，而岳飛也頗能體會母親的苦心，因此特別好學，遍閱群籍，尤其喜歡閱讀《左氏春秋》和孫吳兵法，常常熬夜通宵苦讀，加上天資聰敏，所以對書中的義理和章句，吸收特別快。

岳飛的性情沈默寡言，敦厚待人，對人特別重感情、講義氣。年少的時候就已胸懷壯志，不同於他人。加上天賦神力，身體強壯，不到二十歲，便能挽起重三百斤的鐵弓和八石的弩。

而後他投靠當地的一個異人，學習武藝和學問，此人就是岳飛的恩師——周同。他向周同學習兵書騎射，最後盡得周同一生所學，而成為一個允文允武的青年。

北宋朝廷的腐敗日甚一日，朝廷內部有所謂的六賊，把持權力以亂政，這六賊就是蔡京、童貫、王黼、朱勔、梁師成、李彥等人，他們互相結成黨派，尤其是蔡京以新黨名義大肆陷害舊黨，而被害的舊黨分子大都是忠良之士。最後，朝野就只剩下蔡京這一班小人為非作歹，引起人民怨聲載道，終於在宣和二年（一一二〇年），爆發了民變，淮南大盜宋江以三十六人公然反抗北宋政權，在江南一帶造成一股不小的聲勢，最後被張叔夜招降。宋江等人的事蹟，從宋以來在民間流傳甚廣，梁山泊的故事因此被元人施耐庵改寫成《水滸傳》，成爲一本家喻戶曉的古典小說。和宋江同時期叛亂的尚有浙江人方臘，以摩尼教爲號召，也就是所謂的事魔喫菜人，方臘自己封爲皇帝，以宗教的狂熱來反抗北宋政權，尤其對當時的「花石綱」一事最爲不滿。因此當方臘崛起於浙江一帶的時候，在數日之間便結合了數萬群衆，其中大半都是一些游手好閒和不滿苛政擾民的百姓。方臘和他的教衆流竄數州縣，大半都在浙江、安徽二地，最後在宣和四年（一一二二年），被朝廷派兵平服。而此時的岳飛，則和李氏結婚兩年，並生下長子岳雲，這個時期，岳飛有感於時局愈來愈亂，所以在十九歲那年向周同學習武藝。

金人早年被遼人控制，是遼的屬國，直到金太祖完顏阿骨打時代，金人的力量才愈來愈強大，在政和四年（一一一四年）以遼人強迫進貢「海東青」一事爲由，公然反抗遼人政權，並數度擊敗遼軍。在政和五年（一一一五年），阿骨打正式稱帝建國，以「金」爲國號，意味不壞的鑌鐵（也有以金人原居於按出虎——阿什河——水，而按出虎即金的意思），象徵金人由部落進入國家體系，這年岳飛十三歲。至於金人威脅北宋，則是徽宗宣和年間的事，宋金兩方曾經聯盟準備攻打遼人，而且約定共同出兵，計畫南北包圍遼國，一舉消滅契丹，宋人則可以收復以前喪失的燕雲十六州，而金人卻打算先解決遼國，再對北宋做進一步的侵略。所以宋金聯盟，只是互相利用對方，各懷鬼胎。徽宗就在宣和四年（一一二二年），命令童貫、蔡攸率兵數十萬約同金人攻打遼人。

不料，宋兵竟被遼軍所敗，損失慘重，這一敗，使得金人對北宋的積弱有了深刻的體認，也刺激了金人進一步侵略的野心，不僅要滅遼，一有機會，更要揮兵長驅中原，消滅北宋。

就在這種內外局勢混亂的情況下，岳飛二十歲那年毅然投入軍旅，根據《宋史・岳飛傳》記載，在徽宗宣和四年的時候，眞定府路宣撫劉韐因平盜和防禦金人，要招募勇戰之士防守眞定（今河北正定），而岳飛就以二十之齡前往投效，並且受到劉韐的賞識，被提拔爲小隊長，從此展開了一生的軍旅生涯，他的生命在二十歲從軍以後開始進入了另一個階段。

二、總髮從軍天下聞

岳飛十六歲（一一一八年）時，與夫人李氏結婚於湯陰縣東南三十五里程崗村故里。李氏名娃，字孝娥，較岳飛年長二歲，有賢德，對待公婆孝順恭敬，並教導子女，使岳飛在軍機繁忙之下，不用擔心家庭狀況，而無後顧之憂，故能全心投入匡復大業，這一切功勞都得歸諸李氏。因此岳飛一生中受到母親姚氏和賢妻李氏的影響最大，這兩位偉大的女性可說是推動岳飛盡忠報國的最大力量。

岳飛十八歲那年，他和李氏的第一個兒子岳雲，在祖父岳父的期盼下誕生。但是貧窮的岳家卻沒有因為岳飛結婚生子，得以改善家庭狀況，反而日子愈來愈不易度過。因此岳飛只有投奔到在相州安陽擔任知州的韓肖胄，當起韓家的佃農。而韓肖胄正是宋代名臣韓琦的後代，韓家數代在相州都擁有極高的聲望和龐大產業，需要衆多佃農，來維持韓家的經濟收入，岳飛在謀生不易的情況下，只有下田從事耕作，以求得一家溫飽。在宋代，無地的佃農生活非常艱苦，他們要向地主繳納實物地租，還要出錢向地主租借耕牛和農具，才得以耕作，如果遇到為富不仁的地主，佃農辛辛苦苦的收成，最後都會被貪婪無厭的地主剝削殆盡。岳飛在安陽韓家也面臨了此種困境。最後，受不了主人刻薄的待遇，只有離開韓家，返回湯陰，另謀生計。

岳飛返鄉不久，就碰上了新到任的眞定府知府兼宣撫使劉韐招募兵勇，岳飛就在此時投軍，在劉韐的麾下效命。在劉韐的賞識和授命下，岳飛擁有了帶領兩百名兵士的領導權，他們的任務不是去抵禦遼人的來襲，而是去敉平一支農民叛亂部隊。這支「劇賊」的首領便是陶俊和賈進，他們屢敗官軍，聲勢一時膨脹，騷擾相州諸地，身爲相州人的岳飛就奉命去平定叛亂。岳飛先派遣兵士僞裝成商人潛入賊境。然後故意被這些劇賊俘虜，伺機裡應外合，同時另派百餘名士兵，埋伏在盜賊控制地區的山下，自己率領數十位騎兵攻打山寨，等到陶俊、賈進等人出來應戰，則詐敗後退以誘賊兵，然後利用伏兵和內應配合，一舉擒獲陶俊和賈進，立下從軍後的第一件軍功。

就在岳飛興高采烈慶功之時，從故鄉傳來父親岳和去世的噩耗，事親至孝的他，顧不得眼前升官的大好機會，就連忙返回故里奔喪，盡爲人子所應盡的孝道。按照傳統習俗，若是雙親亡故，人子須守孝三年，因此岳飛從宣和四年的冬天守孝到宣和六年的冬天，這兩年裡，他一直待在家鄉，而岳家的生活也無法獲得改善，爲此，岳飛還曾坐困愁城，借酒澆愁，經過母親的嚴加斥責，他才發誓戒酒。宣和六年，守孝完畢後，岳飛為了一家大小的生活，只有再次投身軍旅。這時，金人侵犯北宋的野心已非常明顯，在這種情勢發展下，對岳飛的崛起似乎有了重大的影響。

岳飛重回軍營，被分撥到河東路平定軍，初當騎兵，後來升職為偏校，並且屢戰立功，參加了在河東對抗金人的保衛戰，甚至有一次深入金營，偵察軍情，圓滿地完成任務，因此晉升為進義副尉。但是在金人猛烈的攻勢下，宋人顯得不堪一擊，從太原一役後，宋朝的軍事形勢急轉直下，金將粘罕（宗翰）、斡離不（宗望）兵分兩路，大有長驅直入開封城的情勢，嚇得徽宗、蔡京、童貫等人魂不附體，徽宗只得下詔罪己，痛罵蔡京諸人誤國，並內禪欽宗，自己退位，被尊為教主道君太上皇帝。

欽宗即位，改元靖康。欽宗有心整頓，但局勢已非，加上朝廷內部主戰、議和兩派針鋒相對，對金政策因此搖擺不定，導致延誤軍事調度，為金人所乘，造成了靖康之禍的悲慘下場。時間是靖康二年（一一二七年）四月。

在同一時間，也就是靖康元年（一一二六年），康王趙構以兵馬大元帥的名義進駐相州。並任命武翼大夫劉浩負責招募義士，收編潰兵，岳飛就以兩次從軍的經驗投效在劉浩麾下，且慷慨陳述從軍殺敵的抱負，受到劉浩相當的器重。因而把岳飛介紹給康王。在劉浩命令下，岳飛統率了一百騎兵去收編一支以吉倩為首的起義軍。一天傍晚時分，岳飛自己率領了四名騎兵到達吉倩的營寨，衆人都非常驚愕他的勇敢，他也乘時勸慰諸人投效在政府的編制下，共同來抵抗金人的侵略。由於訴諸民族的情緒，使得衆人都感動不已，只是衆人恐遭官府殺害，經過岳飛再三保證，才平息了疑慮，願意接受招降。但當此時，突有一名叛賊猝然向岳飛猛撲過來，被岳飛重擊臉頰，打翻在地，衆人目睹此一情景，皆下跪求饒，願意解甲投降，岳飛就率領這支三百八十人的隊伍回歸部隊。自此，甚受康王重視，升爲從九品官的承信郎。

就在岳飛投效康王趙構之前的一段時期，岳飛帶著即將臨盆的妻子李氏和長子岳雲，從河東歸返湯陰故里探望母親姚氏。這時的相州諸地已遭金人蹂躪，沿途一片殘破景象，田野裡縱橫交錯的屍骸及殘垣頹壁的農莊，一幕一幕殘酷的景象都照映在岳飛的眼簾裡，也深深地烙印在岳飛沈痛的心坎。見到浩劫餘生的母親後，澎湃的民族情愫油然而生，岳飛乃慨然地告知母親姚氏，想要去投靠康王大元帥府，跟隨義軍從戎報國。姚氏一聽之下，深受感動，積極勉勵岳飛加入抗金的行列，爲了讓愛兒能奮勇殺敵，在岳飛臨走時，耳提面命一番，並且在岳飛背上深深地刺下四個大字「盡忠報國」，然後母子相擁而泣，從此以後，母親的這句叮嚀銘記在岳飛腦海中，在往後峥嶸的歲月裡，岳飛始終以百折不撓的努力，履踐著母親對他的殷望和國家的重責。

揮別了母親，並把妻子李氏留下來侍奉老母，岳飛踏上了從軍的行列。一到大元帥府就立下了一件不小的功勞，膺任從九品官的承信郎。這時候，岳飛所面臨的局勢是金人攻陷汴京城，擄走了徽、欽二帝及王公貴族數千人，當時整個中國局面已如鼎沸，隨時都有傾覆的可能，幸虧康王趙構能幸免於難，替宋室延續了一脈國祚，繼續領導漢人抵抗異族的侵略。原來早在金人肆虐汴京之前，康王趙構便受命前往河北斡離不軍中求和，但是在途中被宗澤（時任磁州知州）勸阻，停止北上。後來接到欽宗的蠟書密詔，在相州設大元帥府，自任爲河北兵馬大元帥，他命武顯大夫陳淬當帥府的都統制，以下編組爲前、後、中、左、右五軍，其中前軍統制就是劉浩，岳飛隸屬劉浩的前軍編制，他奉命帶領三百名騎兵，前往北京大名府偵察軍情，以確定大元帥府是否該前往汴京救援。

在這次任務中，岳飛在侍御林一地指揮所屬騎兵，打敗了一隊金軍，殺死了一名敵將，將人數衆多的敵軍殺退，岳飛勝利歸來後，便被升爲從八品官的秉義郎。雖然在短短時間內連立兩次戰功，但在他內心裡，對於整個抗金的情勢，似乎充滿著無限感慨，因爲軟弱懼戰的高宗，受到主和派汪伯彥、黃潛善的煽動，一味地想求和及南下避難，不想和金人作一生死周旋，置國仇家恨於腦後。當然，這令矢志「盡忠報國」

的岳飛感傷無比。

所幸，在前方與金人周旋的一些將領，讓岳飛稍微感到安慰，如宗澤、李綱、張所諸將，都是當時維繫國祚的關鍵人物。尤其，岳飛曾與宗澤共事，隸屬在宗澤副元帥的指揮系統下，他的言行事蹟對岳飛影響頗爲深刻，更是後來岳飛功勳及行止學習的榜樣。

自從宗澤勸阻康王趙構北上，在相州設大元帥府，康王就詔任宗澤爲副元帥。當時，康王想南下逃難，遭到宗澤的反對，但是在黃潛善和汪伯彥的力勸下，終於不理會宗澤等人的意見，決定南下濟州，並任命宗澤爲汴京留守，統率不到萬餘名的勇士去對抗金人數十萬的大軍，岳飛正是這萬餘名勇士中的一員低級軍官。但是岳飛並不因情勢的惡劣而懼怕，反而因有機會在第一線作戰殺敵，感到精神振奮。在靖康二年（一一二七年）正月、二月連續戰於開德和曹州，尤其在曹州一役，岳飛披頭散髮，揮動著四刃的鐵鐧，身先士卒，激奮其他士兵，使得宋兵個個以一當百，殺得金兵流竄數千里，此役後，岳飛被擢升爲從七品官的武翼郎，宗澤更是對岳飛大加賞識稱讚，說他：「智勇雙全，才藝出衆，就是古代的名將也不過如此。只是有一缺憾，喜歡單打獨鬥的野戰方法。如果能改掉這種習慣，學習古代兵書所提的陣法，將來必然能夠成爲一個優秀的大將之材。」

有一次宗澤就想把一些布陣圖兵法教授給他，岳飛看過一會兒，就對宗澤說：「宗留守（宗澤）所贈予的布陣圖，岳飛已經看得非常詳細，但是這只是一種假設的布局，因爲古今情況不同，地理環境也迴異，哪能夠按照一張兵法布陣圖來調度軍隊，畢竟軍事戰略的關鍵，主要是出奇制勝，沒有一定的規則可遵循。就像在平原作戰時，突然與敵軍遭遇，難道要先把軍隊整頓排列一番，才可以和敵軍作戰嗎？何況今日岳飛以低階軍官率領百名將士，如果完全按照布陣圖排列，敵人將非常容易掌握我軍虛實，則我軍必慘遭敵軍痛擊，而毫無勝利的機會。」

宗澤聞言，反駁岳飛的看法，認爲：「如果依你的看法，那麼軍事陣法就沒有什麼用處可言？」岳飛義正辭嚴地強調說：「軍隊排列陣法，再按照兵法來作戰，是古今戰爭中所共有的現象，但是戰爭常因情勢不同，而需要機動調度，這種戰略上的運用和修養，就因人而異，有所巧妙，相信宗留守必能深思這一問題的奧妙所在。」宗澤低頭思考許久，最後對岳飛的見解大表贊同，從此對他更加器重。

正因爲岳飛受到宗澤的感召，宗澤也成爲他崇拜的偶像。可是，政局的發展令主戰的李綱和宗澤感到十分不安。李綱積極貫徹抗戰路線，想要說服剛即位的高宗，動員全國力量來對抗金人。但是剛經歷一場人間浩劫的趙構，至今仍驚魂未定，想要再說服他去冒險犯難，似乎有所困難；再加上政治策略的看法上，和執政的文人系統，如黃潛善、汪伯彥等人，發生了嚴重的歧見，軍事將領顯然略居下風，李綱雖然有一套正確的政策和措施，卻處處受到掣肘和刁難，而孤處汴京城留守的宗澤，也無法獲得中央有力的支援，孤軍作戰，加上高宗無心抗金，對心懷使命感的岳飛而言，更是一種無奈的悲哀，愛國的熱忱終於衝破了理智的防線，岳飛決定不再沈默，他必須克盡己責。因此，在建炎元年（一一二七年）六、七月間冒死向高宗上書，痛斥當權大臣黃潛善、汪伯彥的主和政策，請求高宗取消南下「巡幸」的詔令，其上書文中剴切地批評朝廷執行的政策，希望趙構能夠重用軍事系統的力量，恢復故疆，迎還徽、欽二帝。

岳飛這一次上書，可能事前就知道無法發揮什麼影響力，畢竟，他只是一個小小的七品官，但他卻寧願冒著觸犯皇顏的危險，一抒心中激盪的情緒，想要喚起懼戰的高宗，鼓起勇氣面對金人。可是，他失敗了，岳飛不僅踰越了宋代的體制，也得罪了當朝的權貴，使自己遭到了革職的命運，傷心地離開了軍隊。因爲，按照宋代舊制是以文制武，武將和文臣差別甚大，武將參與文臣軍政大計的商議，是一種越軌的行爲，何況是越級上書皇帝，批評時政，痛斥宰執。從此一事件，可明顯地看到此一時期的岳飛，雖然只是一個二十五歲的青年軍官，內心卻已燃起了以身許國的至高情操，終於一鼓作氣，將心中的吶喊轉變成具體的行動，而不顧個人的生命危險。

這次的上書，並沒有在南宋朝野間引起多大的震撼，南宋內部對峙的情形仍然十分嚴重，主和派的勢力因獲得高宗的贊同，而一時之間，聲勢高漲。對那些忠貞愛國、誓死保衛國土的軍事將領，不啻是嚴重的打擊。岳飛在這種情況下，被迫離開軍隊，另謀他路。但是，報國心切的他並沒有因爲這一次的打擊和迫害，表現出對南宋政權的灰心和喪氣，他仍然想著要從另一個抗金團體中，發揮自己的長才，拯救危亡的宋室，並懷抱著一舉收復故疆的壯志。基本上，他的態度仍然樂觀，對宋室猶存信心。

他衡量了一下當時的局勢，認爲南宋在李綱的領導下，仍然可以有一番作爲，尤其是李綱重用宗澤爲汴京留守，張所爲河北西路招撫使，都令岳飛對南宋前途懷抱著樂觀的看法。所以，經過一番思考後，準備奔赴河北前線去投靠張所，在建炎元年（一一二七年）八月，也就是上書後的一個多月，他到達了河北的大名府，要求參見張所，投效麾下，經過三次懇切的求見，才見到他心嚮往已久的河北招撫使張所本人。

張所在河北招募義勇士兵，在短短的時間內就招募了十七萬的軍隊，在河北、山東、太行山一帶的壯士，都樂意投效張所的部隊，因爲南宋的朝廷並沒有注意到這些壯士，所以，等到張所登高一呼，自然吸引他們，紛紛投到義軍的行列。這大概也是岳飛在被迫撤銷軍籍後，選擇投靠張所的原因之一。

張所見了岳飛，並瞭解岳飛的經歷和志向後，兩人展開了一場精彩的對話，張所問道：「我聽說你曾在宗留守（宗澤）的部隊下效命，勇冠三軍。你認爲自己能和多少敵軍廝殺？」岳飛不經思索，就回答說：「個人的莽勇並不能成大事，帶領軍隊首要在以計謀智取。詳細擬妥作戰策略，才是決定戰爭勝負的關鍵。作爲一個帶兵的將領，不怕他沒有勇氣去作戰，就怕他有勇無謀，無法取勝敵軍。」席間，並把古代兵法「上兵伐謀，次兵伐交」的道理，詳細地分析給張所聽。張所感到非常訝異，讚嘆不已，直道：「岳飛不僅是一個懂得作戰的軍人，而且是一個懂得帶兵的軍事家。」因此，對岳飛十分禮遇，並命他坐下，促膝長談。

岳飛向張所分析了河北的重要性，說宋代以汴京爲首都，平川曠野，長河千里，如果不收復河北地區，不僅河南地區無法守衛，連江淮也得失未卜。並舉歷史的殷鑑爲例做一說明，當年童貫出兵援金滅遼，收回燕、雲地區，而沒有防守金坡等關口，得到大捷的虛名，實際上卻遺禍後世，靖康之禍的造成，便是慘重的教訓。岳飛說到激動處，不禁慷慨流涕，再三申明以身許國的壯志，一定要雪國恥報家仇，拯救國家於危急存亡之秋。言畢，表示要隨同張所征戰，共同對抗金兵的侵略，收復失地，萬死不辭，意志甚爲堅定。

經過這一次會面和長談，張所認定岳飛是可貴的將材，予以破格提拔。充任中軍統領，很快又升任統制，比原來的職務高升了兩級。

好景不常，岳飛在張所的麾下任職不到兩個月，就因李綱在建炎元年八月被罷相職，張所也受到牽連，被奸人所讒，貶官至潭州（今長沙）。在路經湖南時，被號稱花面獸的盜匪劉忠所俘獲，張所堅持忠貞報國之心，寧死不變節，後被劉忠殺害。岳飛聞訊，憤慨不已，因爲張所對他的知遇之恩，令他永生銘記在心。所以，他發誓要替張所報仇，以報答張所生前對他的照顧。後來，果然在紹興二年（一一三二年）他率軍平劉忠一干匪賊於廣濟。並且在紹興七年（一一三七年）官拜太尉之時，尋訪張所幼子張宗本，教導他讀書習武，照顧飲食起居，視同己子，又向朝廷上奏蔭補張宗本爲官，以報答張所在他最困阨時期的收留。從此處可知，岳飛眞是一個重情義、知報恩的血性漢子。

隨著李綱被罷、張所被革職，岳飛和張翼、白安民等志士就只有跟隨他們的直屬長官——王彥，在他們太行山的駐紮地，進行游擊戰，這些英勇的壯士們，幾乎已和招撫司本部失去了聯絡，更得不到中央的支援，只能依靠當地民眾的救濟，從事太行山的守衛戰。

就在太行山的義軍崛起不久後，金人開始集結大軍，準備對太行山地區的游擊部隊展開攻擊行動，報國心切的岳飛，希望王彥能派兵迎戰，痛擊金人軍隊。老成持重的王彥，似乎另有一番盤算，拒絕了岳飛的建議，引起年少氣盛的岳飛十分不諒解，懷疑王彥可能心有二志，因此大聲痛罵王彥，斥責他的膽怯和軟弱，並且擅自率領一部分的戰士出戰。岳飛奮勇地衝破敵軍的防線，奪取敵人的大旗，此舉激勵了將士，使得其他的戰士都爭先恐後地衝向前線，奮勇殺敵，贏得了一次漂亮的出擊。

岳飛急切的報國熱忱，引來了金人更多的注意。金軍又集結了數萬的軍隊，想要一舉消滅這支義軍，經過幾次的猛烈圍攻，這支義軍終於支撐不住。最後，只有採取分散突圍的策略，以保存少部分將士的性命，因此岳飛率領少數的義軍，展開激烈的突圍行動。

另一方面，王彥也在戰鬥中衝出重圍，繼續轉戰幾十里，沿途收編殘部將近八百人，退守到衛州共城縣（今河南輝縣）的西山山區。爲了表示他們寧死不屈的鬥志，王彥和部屬們在臉上刺了「赤心報國，誓殺金賊」八個字。漸漸地，他們的組織逐步擴充，吸引了其他地區的義軍加入，發展成十多萬的游擊隊伍，當時被稱爲太行山的「八字軍」，在南宋初年享有抗金盛名。而這支義軍能發展成一支龐大的游擊部隊，王彥的領導占了極重要的地位，因爲他採取穩紮穩打的戰術，絕不輕易出擊，損傷義軍的作戰元氣。故可發展成一支壯大的抗金部隊，對金人的後方和前線都造成了相當的威脅。

反觀岳飛和王彥等人在突圍分手後，雖然他又在侯兆川一地打敗敵人，但是他本人也在戰鬥中受了重傷，加上天寒糧盡，使他和其他將士的處境十分艱苦。這時的岳飛，才想起了王彥不出兵的緣故，對自己一時逞能感到非常悔恨。尤其，當他聽到王彥在西山地區發展「八字軍」的情況時，他就單身前往王彥的山寨，叩門請罪，希望能取得王彥的原諒和收留，但遭到王彥的拒絕。他只有回來繼續率領殘餘的部隊，進行和金人的苦戰。

在太行山的苦戰，岳飛曾生擒了金將拓跋耶烏。在一次戰役中，他更單槍匹馬，拿著丈八的鐵槍，以迅雷不及掩耳的動作，準確地刺中了金酋長黑風大王的要害，黑風大王當場斃命，嚇得金兵魂魄俱喪，落荒而逃。經過了一段時間的游擊戰，岳飛深深體會到自己的力量太薄弱了，無法有效地對抗數量龐大的敵軍，所以他決定率自己的部隊，接受老長官宗澤的收編。

建炎元年十月，岳飛重新投靠宗澤，接受他的調遣。就在岳飛回歸不久後，有官員對他擅自脫離王彥的過失，展開了軍法的調查，並向宗澤建議嚴格執行軍法，以建立軍威。按照軍法的規定，軍中沒有主帥的號令，擅自發號施令或脫離部隊者，都要處以死刑。岳飛面臨了軍法的嚴厲懲罰，就在他對生命開始絕望的時刻，宗澤下了一道命令，赦免岳飛的過錯。因爲宗澤知道岳飛驍勇善戰，不希望因一次過失，就斷送了一名大將之材。希望他能將功贖罪，繼續爲國效命。

爲了報答宗澤對他的赦免之恩，岳飛自願前往汜水關，偵察將要南下的金軍。在途中和金軍發生戰鬥，他率領五百名騎兵連續在胙城、黑龍潭、汜水關等地，迎戰敵軍，都獲得勝利，打敗敵人。尤其是汜水關一役，他更用箭射穿了金軍將領的喉嚨，使得金兵潰不成軍。岳飛也因此得以將功補過，更被宗澤任命爲統領，成爲一名中級軍官。

到了建炎二年春天，七十高齡的宗澤，經年馳騁戰場，飽經風霜，心力交瘁，內外的情勢令他憂慮不已，終於舊疾復發，臥病床榻。七月，岳飛前往探視病情，宗澤猶掛念著尚未實施的北伐計畫，再三勉勵岳飛，一定要矢志完成任務，匡救積弱的宋室。神情憔悴的宗澤口中不禁吟誦著大詩人杜甫的名詩「出師未捷身先死，長使英雄淚滿襟」，可見在他的內心，依然對自己不能完成北伐計畫，感到是人生的一大憾事，在臨死前，發出英雄氣短的感慨。終於在七月初一個風雨交加的日子，宗澤悄然地離開了人間。他所未能達成的神聖使命，只有遺留給他最忠實的繼承者，這個人正是深受宗澤教誨的岳飛。

宗澤的死訊一傳開，全汴京城的百姓莫不哀痛悲傷，而最感喜悅的自然是他的敵人。東京留守的職位，由膽小而心地狹小的尚書右僕射兼江淮宣撫使杜充繼任，他和岳飛同樣是相州安陽人，但是杜充的想法和施政方向，似乎和黃潛善、汪伯彥等人相近，他一上任，立即終止北伐，並斷絕兩河義軍的任何聯繫和支援。他遵從高宗的指示，不敢稍加左右，使得最前方的義軍和潰兵游勇因抗金無望，轉而成爲反抗宋朝政權的盜寇，成爲一股反對趙宋的內亂。

就在杜充即將放棄汴京城，回到建康（今南京）的時候，忠貞愛國的岳飛上諫說：「中原一地絕不能放棄，今天只要一撤軍，中原就將拱手讓人，明天想要收復，恐怕沒有數十萬的軍隊，無法輕易收回中原，請將軍多多思量。」但是剛愎自用的杜充，對岳飛的勸告似乎無動於衷，仍然堅持要撤軍南下，並且強令岳飛同行。

杜充尚未撤軍之前，他對大前方的部分義軍感到不信任，想要強制解散他們的部隊，而且考慮到，如果他們不聽令，就用武力消滅他們，這是一種消滅異己的殘酷手段。這個無情的任務，杜充命令岳飛前往執行。岳飛頗感爲難，以兵力不足爲由，加以推辭。但是杜充以軍令來壓制岳飛，使他不得不聽命，只得和桑仲等人一同前往攻擊張用、王善、曹成等義軍。岳飛在南薰門（汴京城的南方）一地率領八百多人，和王善、曹成等人遭遇，勇敢善戰的岳飛左手持弓弩，右手拿長矛，在亂軍中橫衝直撞，如入無人之境，使曹成等人潰不成軍，四處流竄。

那些被稱爲亂賊的叛軍，在當權者的眼中看來，一定要先敉平，甚至不惜動用一切力量，才不致動搖國本。至於金人則可以用妥協談判的手段來達成和平，以圖偏安江南，在高宗的政策下，平定內部不滿勢力遠勝過抵禦金人的入侵，甚至阻礙到宋金和議的將領也要剷除，後來岳飛的冤獄，便是在這種心態下醞釀而成。

從建炎三年（一一二九年）的春天至夏季，岳飛參加了自相殘殺的內戰，連續在東明、清河擒獲了杜叔五、孫海、孫勝、孫清等人，立了幾件他並不感興奮的功勞，就被授為英州刺史。後來跟隨杜充撤往建康府。汴京城到了建炎四年二月就陷落在金軍手中。

嚴格地分析岳飛的安內戰役，他似乎也認為要對抗金人，必定要南宋朝野上下團結一心，共赴國難，才能發揮全國力量，對付強敵。可是為了國內和諧，難道就要對內部不滿分子施以軍事制裁，而不去考慮他們究竟為了什麼目的，要冒險反抗趙宋的統治呢？以服從為天職的軍人，面對這種兩難決定，岳飛只有聽從文人系統的指揮，執行他安內的任務，但揮兵直搗黃龍才是他內心念念不忘的神聖使命。他以為安內的主要工作只要到了一個階段後，內部能夠平靜，他便可以再度指揮重兵殺過江河險阻，摧滅強虜，完成宗澤的遺志。因此，他懷抱著這種想法，參加了平定內亂的行列。

就在岳飛進行安內任務的同時，金人的攻勢已延伸到了江南，建炎三年十月，也就是杜充棄守汴京城後的一、兩個月，金兵在大將兀朮、撻懶領導下，兵分三路攻打南宋，並和叛亂分子李成結合，共犯江南。李成此人十分勇猛，手下擁有數萬兵衆，對南宋經常叛服不定，這次和金人聯合圖謀，數次打敗了宋軍。在六合一地，被岳飛率軍突襲，予以迎頭痛擊，並且救出一批被俘虜的官兵，奪回了大批金銀珠寶。後來流竄到江西，在烏江一帶和金軍勾結，勢力一時坐大。岳飛瞭解這兩股勢力一結合，便將帶給南宋莫大的威脅，所以前去請求杜充出兵討伐。可是杜充閉門不見，岳飛十分悲傷，只有獨力率兵迎戰。

等到金軍長驅直入馬家渡（今南京之西方），宋軍不戰而潰，杜充聽到戰敗的消息，急忙逃到江北的直州，後來金將兀朮派人勸降，杜充竟然不戰而降，變節投靠金人。

杜充變節的消息傳到岳飛耳中，他並沒有十分訝異，他決定獨自展開抗金活動，整軍退屯到建康城東北的鍾山。這時的岳飛已失去和最高指揮部隊的聯繫，他只有以統制的身分帶領這一支軍隊南下，尋找南宋朝廷。在行軍途中偶爾出擊金人，後來在半路與另兩支軍隊結合，駐軍在建康府溧水縣和溧陽縣之間的方山，他們經過商量的結果，一致同意岳飛的建議，準備撤軍到廣德。

此時金人已揮軍渡江，在兀朮的猛烈攻勢下，直逼臨安（今浙江省杭州）。即位不到三年的高宗，面對金軍南侵，不思積極的應對之策，只是拚命地向南「巡幸」，南宋朝廷便在不斷播遷的情況下，狼狽地撤退到臨安，才稍微鬆了一口氣。不料，敵將兀朮馬不停蹄立即兵臨城下，嚇得高宗心驚膽戰，匆忙之間採納了宰相呂頤浩的建危機叢生。

議，從海路逃生避難。高宗便從臨安轉往明州（今浙江寧波），再轉他地，一時之間，

岳飛等人面臨了前所未有的艱難複雜處境，加上軍糧短缺，軍心隨時有動搖之虞。他毅然召集部屬，激勵大家要以忠義報效國家，絕不可投降金軍，或者叛變成爲盜匪。岳飛更積極地指出建康的重要性，要大家拿出決心，堅持抵抗到底，驅逐強悍的敵人，抱著不成功便成仁的氣魄，共赴國難。雖然他們身陷敵後，但是經過岳統制的激勵後，個個都深受感召，痛哭流涕，誓死殺退強虜。當一些態度不穩定的官兵想要降金時，岳飛就率三、五士兵，前往勸告遊說，要他們聽從勸告，如果執意降金，寧可先把他殺掉，也絕不讓他們去投降金人，岳飛態度強硬，義正辭嚴，使得這些官兵深受感召，大家都異口同聲地表示，一切聽從岳統制的命令。

處在後援不至情況下的岳飛，只有積極地就地籌措軍糧，節制軍隊的開銷，以求多維持一些時日。而且岳飛下令不得騷擾人民，以維持軍紀的嚴明，讓百姓有一個良好的印象，因此附近居民對他們大都稱讚有加。從脫離杜充的節制後，至駐軍廣德，其間岳飛獲得了幾次勝利，尤其在廣德一地，六戰都大敗兀朮的大軍，生擒金將王權，俘獲了河朔簽軍（漢籍金兵）四十餘人，對他們曉以大義，聲稱要縱返他們，希

望他們能夠和岳飛的軍隊裡應外合，共同突襲金人的軍營。就在遣返的當夜，這些感恩的漢籍金兵便放火焚燒金人軍營，讓岳飛的軍隊乘著金軍陣營混亂之際，夜襲金營，殺得金軍措手不及，贏得一次大捷。以後陸續有漢籍的金兵爭相來歸附岳飛，據《宋史》載，這些漢人的金軍大都以岳爺爺來稱呼岳飛，可見岳飛的名聲已經在各地散播開來，才能博得此一稱號。就在此情況下，岳家軍的聲勢愈來愈大，軍隊人數也逐日膨脹，使岳飛的聲威得以建立。

建炎四年（一一三〇年），岳飛正值二十八歲，他接受建議，準備進駐富庶的宜興縣。在建炎四年正月，宜興縣令錢諶以信函邀請，希望岳飛能帶領軍隊，解除宜興被盜寇圍困的危機，錢諶並且強調，久聞岳飛的威名，希望他能率軍平亂，則宜興縣可以無條件供應糧餉。岳飛接到這封誠懇的請求函非常興奮，軍糧不濟的問題也因此得以解決。故而在建炎四年二月，岳飛率軍進駐宜興，紮營在縣城西南的張渚鎮。

盤踞在宜興的盜匪，主要有郭吉、馬皋、林聚、張威武等人，岳飛進駐宜興後，便和手下部屬研究對策，最後謀定以原是水軍統制的郭吉爲首要目標。岳飛首先派人投信，以好言相勸，約他共同抗金，哪知郭吉急忙地帶著一百多艘船，滿載財物準備逃跑，岳飛聞訊，便命令手下大將王貴和傅慶帶領兩千人前往追擊，俘虜了郭吉的全部人馬和船隻。

接著派遣說客前往遊說另外三支盜匪，不聽從者，便以軍事力量加以制裁收編。最後，他們都被納入岳家軍的編制底下，成爲岳家軍的一部分，加上從各地爭相來歸的義軍和簽軍，使得岳家軍的發展更爲壯大。在岳飛積極經營下，宜興成爲岳家軍發展的重要根據地，他用「盡忠報國」的精神來激發軍隊的士氣，用自己獨特的風格和理念來教育這支義軍，塑造出一支抗金的勁旅，成爲當時抗金行列中的中流砥柱。岳飛本人也一躍成爲抗金英雄；一支精銳部隊的主將；一個二十八歲的青年將領。他的傳奇從此進入另一個高峰，但歷史悲劇的陰影也一步一步向他逼近。

三、三十功名塵與土

宜興的駐軍生活，使岳飛得到些許休息的機會，並且接母親和妻子前來相聚，一訴思念之情。他曾借住宜興人張完家中，並寫了一首絕句回贈張完，此詩全文爲：

無心買酒謁青春，
對鏡空嗟白髮新。
花下少年應笑我，
垂垂羸馬訪高人。

這首詩充分表現岳飛的才華，證明他不僅在軍事上有所成就，就是在文學修養上，也不遜於一般文人士子。而其生活態度，不僅有嚴謹的一面，更有文人墨客狂狷不羈的浪漫氣息，由此才能涵蘊出一股氣吞山河的豪情壯志。

在宜興一地，岳家軍經過幾個月的休息和整頓，獲得了充分的糧食軍械補給，軍隊的士氣也為之振奮。岳飛對軍隊的操練不敢稍有鬆弛，仍然積極備戰，以迎接隨時可能發生的戰鬥。

就在建炎四年夏，金軍因為不諳水性和不熟悉江南的地理環境，在江南一地有愈走愈陷入泥淖之虞。所以在兀朮決定下，準備進行撤退，臨走前，瘋狂地掠奪財物，燒殺擄掠，使浙江地區遭受極酷烈的戰禍，短時間之內難能恢復。不久，這股撤退的風暴，席捲常州（今江蘇武進）附近，常州知州周杞感到非常憂慮，想不出良策來對抗金軍，正在著急之時，屬官趙九齡向他建議，可邀請宜興岳飛前來抵禦金軍，周杞乃應允，並立即派遣趙九齡前往宜興邀請岳飛，共同擊退敵軍。

趙九齡到了宜興，見到岳飛，詳告軍情，希望能獲得援助。由於軍情緊迫，岳飛毫不考慮就答應了趙九齡的請求，並且馬上展開軍隊的調度部署，準備馳援常州。

經過兩個多月的休息，岳家軍再度和金兵遭遇，這次出擊，連續在常州的四次會戰中奏捷，敵軍溺斃在河道者，不計其數，並且生擒了女真萬戶少主孛堇、漢兒李渭等十一人，一直追擊敵軍到鎮江的東面。

就在岳飛常州之捷的前一個月，兀朮的十萬大軍和宋將韓世忠的軍隊在黃天蕩僵持不下。這一次的相持，拖得金軍後援不繼，加上後路被截，金軍隨時有被消滅的可能。後來因奸細獻策，金軍掘通河道西上，得以將船隻引入建康附近的江面，退而據守建康城。此時金軍東路在清水亭一地被岳飛消滅殆盡，建康成了金軍在江南僅存的立足點，也是岳飛揮軍北上的首要目標。

爲了克復建康城，岳飛開始研究建康城的地理形勢，思考著如何在敵衆我寡的情勢下，採取最能奏效的戰略，一舉攻下建康城。他觀察了建康城周遭的山川環境，發現距離建康城三十公里處的牛頭山，非常適合軍隊駐紮。隨即擬訂了一套突襲策略，並把軍隊駐紮在牛頭山，伺機行動。

建炎四年五月初的一個夜晚，岳飛下達了行動命令。一百名身穿黑衣的士兵，在迷濛夜色的掩護下，悄悄地滲透到金人軍營中偷襲，計畫讓金人在混亂中自相殘殺，以達到動搖軍心的目的，這是岳飛策略中的第一個步驟。

他預料經過這一次偷襲後，金軍必然會加強戒備，派出部隊在軍營外圍巡邏，防止劫營。岳飛的預測果然正確，因此他命令部隊進行計畫中的第二步驟，派出銜枚的突擊部隊去擊殺金軍的巡邏部隊，不和金軍發生正面衝突，一可保持本身實力，二可擾亂金軍士氣，使得金軍人人恐懼不已。

經過幾次騷擾後，金將兀朮爲了安定軍心，遂移駐到建康城外的靖安鎭。岳飛眼見時機成熟，就命令駐紮在牛頭山的部隊，下山攻擊正在撤退的金軍，措手不及的金軍，一看到士氣如虹的岳家軍，慌亂之際，幾乎全被殲滅，一些想要跳上戰船的金軍，來不及上船就被擊溺在江水中，岸上的鎧甲、兵器、旗鼓、輜重、牛驢等數以萬計的軍事設備被丟棄。前後歷經半個月的戰鬥，岳家軍大破兀朮的軍隊，殺掉金兵三千多人，擒獲千戶留哥等人，光復建康城，獲得了一次空前的大勝利，使岳家軍的威名天下皆聞。

岳飛就在建炎四年五月中旬進駐建康城，並且頒布命令，安撫建康城內驚魂甫定的居民，讓他們能夠重新整理家園，過著安居樂業的生活。此時岳飛收復建康城的工作才告一段落，他便率部隊押解戰俘前往覲見高宗。

由於岳飛屢立戰功，聲名上達高宗，所以建康收復後，高宗就召見了岳飛，君臣二人在越州第一次會面。在這一次會面中，岳飛向高宗上奏表示了自己的心願，希望能率領部隊扼守江淮地區，保護南宋的心臟地帶，防止金人再次渡江南侵。高宗見岳飛如此忠心報國，感到非常高興，就賞賜鐵鎧五十副、金帶鞍馬、鍍金鎗、百花袍等物品，以資嘉獎。並且在同年七月准許宰臣范宗尹的奏事，陞遷岳飛爲正七品的武功大夫，出任昌州防禦使和泰州鎮撫使兼任泰州知州。

收復了建康城後，宋廷又命岳飛和張俊配合，前往征討盜匪戚方。六月初，岳飛從越州趕回宜興，率領三千部隊攻擊戚方，兩軍前後在廣德激戰十來回，戚方部隊不敵，戰敗遁逃，岳飛率軍窮追不捨，正逢張俊的軍隊趕到，戚方走投無路，只好向張俊投降，交出了六千名士兵，六百匹馬。

岳飛從弱冠以來，三度從軍參加抗金行列，到建炎四年，已有七、八年的時間。在這一段不算短的時間裡，岳飛從一個義勇軍的小隊長，經歷了無數戰役，立下了不少汗馬功勞，到今日已成為一個統率萬餘官兵的將領，擁有個人的聲望、財富。但是他並不以此而自滿驕縱，反而更因此加深自己的使命感。宗澤、李綱、張所等先進的遺志依然在他的腦海縈繞著，國仇家恨猶未雪的壯志仍然激勵著他強烈的愛國心，他要不懈地奮鬥，才能有朝一日駕長車，踏破賀蘭山缺！

向宋廷推舉岳飛為通泰鎮撫使的宰相范宗尹，他對抗金人的策略主張純屬防禦性質，他計畫在淮南東、西路及京西南路、北路，以及荊湖北路和陝西等地劃分成若干個小軍區，每個軍區設立鎮撫使，負責兩個以上府、州、軍的防務，兼管民政和財政。岳飛正是他計畫中的一個成員，范宗尹的措施顯然趨向保守，主要目標是抵擋金兵的侵犯，根本不是克復故土的深謀遠慮。所以他的主張和岳飛的看法就有些許差距，加上鎮撫使的轄區不大，人力、物力和財力有限，即使對抵禦金兵，也不可能有大作爲。因此岳飛對這道詔令有些猶豫，他直接而坦率地對宋廷表達了他的看法；他希望宋廷能收回通、泰州鎮撫使的命令，改任他去防守淮南東路，如此一來，他便可伺機出擊金軍，以克復山東、河北、河東、京畿等故地，完成生平壯志，盡爲人臣的大責大任。

可惜，高宗和文人系統的政治策略不像軍人系統那般輕進，他們不敢貿然輕舉妄動，在他們現實的政治眼光觀察下，現今的處境唯有和金人透過談判的溝通，以維持南、北朝廷的局勢，他們才能獲得現存的一切權益。所以高宗等人當然不會讓軍事系統來破壞他們的策略，而且高宗也察覺到，在金朝廷內部也有一股主和的勢力存在，他亟欲和這股勢力接觸，只可惜沒有人來擔當接觸的媒介。直到這一年（建炎四年）十月初，秦檜被金廷主和勢力的大將撻懶委以重任，把他從北方縱歸，讓他回到南方從事鼓吹和談的計畫，和談的浪潮因此更加高漲。可是當我們從歷史客觀的角度來衡量高宗等人的政治策略時，我們不免考慮到雙方的軍事實力，縱然政治的立場著重在實際的利益層面上，如果沒有強而有力的軍事力量作爲和談的後盾，和談的策略只是讓敵人暫時停止侵略的慾望，最後還是無法阻止敵人的野心。正如李綱的名言「能戰而後能和」，唯有軍事力量的輔助，才有所謂和談可言。只可惜，高宗等人不曉得借重軍事系統的力量，增加談判的籌碼，一味地想利用政治溝通方式，企圖達到偏安江南的目的，才會造成岳飛等人身陷囹圄、壯志難酬的憾事。

當岳飛的請求被高宗等人壓下來，不作任何表示之時，他只有無奈地前往赴任。就在赴任之前，他返回宜興率部準備前往，但接到軍情來報，說楚州被撻懶大軍圍困，急需外援，他乃急忙帶輕騎渡過長江，直奔泰州，而由部將王貴負責部隊的渡江事宜。

岳飛在危急之時毅然擔負起救援楚州的重任，雖然他的軍隊和眷屬在征途中困難重重，軍糧和征衣皆不足；他仍然用「盡忠報國」來激勵士氣，並且要求嚴守軍紀，才能克敵制勝。

儘管岳飛發出數函緊急軍情到附近友軍求援，但是結果都石沈大海，杳無回音。在勢孤援絕的情況下，他決定獨自出兵攻擊金軍。建炎四年九月九日，岳飛自己揮師出征，三次率兵出擊都獲得勝利，殺死金將高太保，並俘虜了將近七十餘人的金軍將士。

可是岳飛英勇奮戰的結果，對整個戰局似乎沒有多大影響。因為他的部隊沒有能夠及時獲得其他宋軍的幫助，致使功虧一簣。原本宋廷眼見金人攻楚州非常迫切，所以命樞密院（掌管軍政）的趙鼎派遣張俊前往援助岳飛，但張俊卻狡辯拒絕出兵，使得趙鼎為之氣結，不得不改派另一將領劉光世率兵馳援。

懼戰的劉光世和張俊一樣都不敢出兵救援。導致後來岳飛雖然數戰皆捷，卻無法獲得充足的援助，而使楚州仍然陷入金人的手中。面對淪陷的楚州城，岳飛的內心痛苦十分，在高宗的詔令下，岳飛才無奈地從楚州撤軍，返回通州、泰州防守。

楚州守圍戰中，岳飛雖然未能達成護城的使命，但是他英勇奮戰的精神和三次大捷的戰果，都受到了高宗的鼓勵，特賜札褒獎，希望岳飛能夠竭力效忠國家，抵禦金軍的向南侵略。

楚州的淪陷，已使岳飛感傷不已，但更令他痛心的事情，莫過於部將的驕縱之氣，尤其是帳下的前軍統制傅慶。傅慶是一個勇猛善戰的將領，甚受岳飛器重，可是因此也導致了他恃才傲物的習氣，他常常吹噓自己的戰功，不時流露出驕傲的態度。有一回，傅慶奉命接待劉光世部將王德，他向王德表示心意，希望能夠重新隸屬在劉將軍麾下，王德應允了傅慶的請求。這件事後來被岳飛知曉，岳飛感到不滿，認為不能寬縱，但是他隱忍未發。稍過一些時日，岳飛命令眾將士舉行射箭比賽，其他將領射箭都不能超過一百五十步，惟傅慶連發三箭，都達一百七十步。岳飛就賞給他三杯酒。接著，又宣布頒賜獎賞在承州立戰功的將士，且命士兵把高宗新賜的戰袍和金帶賞給部將王貴。傅慶眼見如此情況，便仗著幾分醉意，出來攔阻，數說自己在清水亭一役也立過戰功，應該獲得賞賜。

岳飛知道傅慶已經酒後失態，命他退下休息。但是驕縱成習的傅慶竟然不聽命令，反而把高宗所賜的戰袍加以焚燒，金帶損毀。岳飛見此情況，覺得傅慶已不可原諒，並且為了遏止軍中少數將領的驕縱心態，只得痛下決心，令將傅慶推出斬首，以維繫軍心和整頓軍紀。

就在岳飛忙於應付金軍侵犯的同時，原本在河北、河東、江淮等地抗金的一些義軍，因爲受到高宗的猜疑，而遭政府部隊用血腥的暴力手段來摧殘和鎮壓。加上少數抗金意志不堅的義軍領袖叛變，聚衆盤據地方，擴張個人的勢力，大有和政府相抗衡的姿態，引起了高宗的恐慌。其中以李成、張用等人最著名，他們盤據江淮襄漢十餘個州縣，擁有近三十萬的武力，在長江中游地區的南北兩岸，造成相當大的聲勢，有席捲整個東南之勢。

因此高宗遂命張俊爲江淮招討使，前往征討李成，岳飛也在紹興元年（一一三一年）二月和張俊會合，岳飛並被任爲先鋒，準備一舉平定李成。

李成生性勇猛，擅長使用雙刀，能和士兵打成一片，更能身先士卒衝鋒陷陣，頗能得到士兵的信服。在他崛起的時候，曾在河北地區爲岳飛打敗，後來流竄到江南，重操舊業，勢力更形擴張。

建炎四年年底，李成命令屬下馬進攻打洪州（今江西南昌），並且連營在贛江西岸的西山，屢次向政府軍隊下戰書挑釁。江淮招討使剛到洪州時，畏懼敵軍兵衆勢盛，不敢輕易出兵迎戰。等到和岳飛的部隊結合後，才改變戰略，由消極防守的策略轉變爲主動出擊，並且由岳飛率軍打前鋒。岳飛向張俊建議，能夠切斷叛軍的後路，攻其不備，必能獲勝。因此他率部隊從贛江上游生米渡一地繞出敵後，雙方在玉龍觀進行大會戰。岳家軍首先突擊馬進的右翼，大敗敵軍，使得馬進驚慌失措而逃，岳飛率軍追趕，在一座將傾倒的土橋上，岳飛一箭射死了叛軍的先鋒將領，使得馬進部隊鼠竄而逃，馬進本人也逃往筠州。

當宋廷的招討軍追到筠州時，馬進也集結了軍隊準備迎戰，岳飛和陳思恭兩支部隊奉命分頭進擊。岳飛用紅羅作成旗幟，再刺上自己的「岳」字，然後親自率領兩百名騎兵前往誘敵。馬進以爲岳飛兵少，不足畏懼，就貿然地指揮軍隊上前搏鬥，以致遭到官軍伏兵的攻擊。岳飛命令士兵向叛軍宣布：「不願意跟從叛賊的人，只要乖乖坐下，可保性命。」果然，數萬群眾坐下投降，馬進部隊因而大敗。

馬進戰敗後，向北逃竄投靠李成。而岳飛也連夜率領軍隊銜枚急行，趕到馬進前面，在朱家山一地埋伏，等到馬進的殘部逃到朱家山時，埋伏的士兵便一鼓作氣，衝出來擊殺叛軍，殺死了約五千名叛軍，斬殺了叛將趙萬等人，馬進只剩十幾個人，倉皇之間僅保性命而逃。

李成聞訊後，非常憤怒，不甘心失敗，親自率兵前來報仇，和岳飛部隊在樓子莊一地遭遇，雙方進行了一場戰鬥，李成不支大敗，手下兩萬餘人被俘。經此戰役後，李成部隊元氣大損，無力反攻，岳飛乘勢率部往西北方向追擊逃往洪州武寧一地的李成。當李成逃到這裡時，一些殘兵敗將還來不及渡江，就已被在後追趕的岳家軍打得四處奔逃，潰不成軍。李成從此不敢在江南停留，繼續逃往淮西，企圖負嵎頑抗。

最後，在張俊率領下的宋廷招討軍，對李成進行了一次致命的攻擊，擊破了匪徒的陣營，使得李成勢窮力盡，在不得已的情況下，只好投靠金人傀儡政權僞齊，成爲劉豫得力的爪牙。

劉豫是金人在華北扶植的第二個傀儡政權。自從靖康之禍後，金人認爲宋朝皇帝在聯盟攻遼一事失信，不守相互間的約定，決定不再讓趙家皇室作皇帝，所以計畫另外樹立一個傀儡政權來統治新占領的華北地區。當時的宰相張邦昌以地位高，爲金人看中。張邦昌起初不敢接受，後金將以屠殺全汴京城百姓爲要脅，張邦昌才勉強接受，於建炎元年三月（一一二七年）受冊立爲大楚皇帝，並建都金陵。張邦昌雖然沒有以宋爲國號，但是他不敢用天子的禮儀稱制，因此他只能算是金人的一個傀儡皇帝。後來，金軍俘虜徽、欽二帝回到北方，張邦昌失去了有力的靠山，再加上康王在應天府即位，張邦昌只有趕快退位稱臣，結束了短短三十二日的大楚帝國。

張邦昌政權被消滅後，金人又計畫另外挑選漢人來統治華北地區。這時候漢人劉豫在金軍攻濟南時，殺掉了部將關勝向金人投降，適逢金人要另立傀儡政權，劉豫就透過多方活動，想要藉金人的扶助稱帝華北，因此透過金廷的漢人謀士高慶裔的推薦，獲得了金廷主要將領粘罕和撻懶的支持，聯合向金太宗提出冊封劉豫的構想。在建炎四年（一一三〇年）九月冊立劉豫爲「子皇帝」，國號大齊，建都汴京。

劉豫傀儡政權所控制的地區，約當現今的河南、山東、江蘇和陝西的一部分。金人利用「以華制華」的政策統治中原地區，在金朝廷和南宋朝廷之間形成了緩衝區，金人並打算以傀儡政權來消滅南宋，讓漢人自相殘殺，而不需要耗損金人自己的力量。

被岳飛追逐的李成，在無路可逃的情形下，只有投靠同是漢人的劉豫。在這時候，心懷收復故土的岳飛，已瞭解要把金軍趕出華北地區，首先就必須以劉豫僞政權爲首要目標，消滅金人在華北地區的統治工具，才能一舉驅逐金人在華北的力量。

張俊和岳飛擊敗李成後，他們征討的下一個目標，很顯然的是岳飛以前的同事張用。張用率領部伍在京西和淮西一帶騷擾百姓，不久轉移到了洪州一帶。江淮招討使張俊想乘戰勝餘威，一舉消滅叛軍，因此便命岳飛寫信招降，岳飛在信中曉以大義，恩威並用，動之以昔日舊識之情，希望他能歸順朝廷。

張用原本不想和朝廷對抗，只因迫於無奈才淪爲盜寇，此時岳飛來信招降，自然能打動他。經過一番思考後，張用決定向岳飛投降，接受朝廷的編制，把近萬人的部隊都收編到政府軍隊中。張俊聞訊後，非常高興，認爲岳飛在這兩次軍事行動中，表現非凡，立功堪稱第一。

紹興元年（一一三一年）江淮盜寇平定後，高宗任命岳飛爲神武右軍副統制，命他率部隊駐紮在洪州（今南昌），注意盜賊的活動，以安定內部的秩序。在當年十月，岳飛又被授爲從五品的親衛大夫，建州觀察使，到了十二月又陞爲神武副軍都統制，成爲朝中重要的高級將領。可是岳飛內心卻十分著急，因爲他漸漸發覺，南宋內部戰鬥的意願並不高，尤其是高宗爲首的文臣系統，對收復失土一事似乎並不熱中，甚至有意維持現狀，和金人握手言和，這怎麼不令一意報效國家的岳飛憂心忡忡呢？

紹興二年，江西大盜曹成率衆十餘萬人在江西、湖南一帶打家劫舍，並且盤據了道州和賀州二地稱雄，形成地方上的一股惡勢力。宋廷知道情勢不妙，便下令岳飛統率軍隊，前往潭州（今長沙）擔任知州，並兼任荊湖東路安撫都總管，聽命於廣南、荊湖路宣撫使李綱的節制。

岳飛前往江西剿匪，首先用勸降的方法來招撫，曹成一看旌旗飄揚，上面寫著「岳」字，便大吃一驚地說：「糟糕，岳家軍來了。」盜賊一聞岳家軍的威名，大家便無心作戰，分道而逃。岳飛便命統制韓京和吳錫分別屯駐在茶陵和郴州，暫時按兵不動，等待上級的指示。不久上級詔令指示招降，但是曹成拒降，岳飛只好將情況轉奏上級，並且希望能出兵征討，朝廷衡量情況後，允許岳飛出兵攻擊。

三十歲的岳飛便在這一年的四月率軍進入賀州境內，和曹成在太平場設立的營柵互相對峙，岳飛在駐紮的營帳中構思如何部署軍隊，才能擊敗曹成，突然他福至心靈，想到了一條妙計，然後將計畫告訴屬下部將，希望他們能完成這個任務。

首先，他命令部將去捉一名曹成的手下到軍營來，然後故意在這名賊兵面前，詢問管理糧食的部將：「我們還有多少糧食？」部將報告說：「我們的糧食快用完了，請問將軍我們該怎麼辦呢？」岳飛說：「那部隊只有回到茶陵，才能補給糧食了。」那名被捕的賊兵聽到這番對話，心中暗喜。岳飛又令部隊故意安排一場失誤，讓賊兵在混亂中能順利逃回曹成營寨中，向曹成報告自己所聽到的消息。曹成聽到假情報，誤以為眞，乃喜出望外，鬆懈了防備，並且盤算著要等岳家軍退兵到茶陵的途中進行攻擊。不料，過了幾天後，岳飛就命令軍隊取道繞境，準備以奇兵突襲。果然，曹成被岳家軍打得大敗，他率殘部往東北方向逃到桂嶺，在途中的北藏嶺、上梧關和蓬頭嶺三道險隘命王淵據守，以抵抗岳家軍的追趕。

過了幾日，岳飛詳細地策畫整個作戰方針，打算用騎兵來解決王淵。隨即雙方在北藏嶺和上梧關展開一場廝殺，岳家軍勇猛殺敵，把王淵部隊殺得片甲不留。不過政府軍隊的損失也不輕。

消滅了曹成的主力部隊，曹成仍然不肯束手就擒，繼續向南流竄，岳飛率兵追到了桂嶺一帶（今廣東境內）。他認爲只有動搖曹成殘部的軍心，才能將曹成一舉成擒。所以他召集部將王貴、張憲、徐慶等人商議，經過一番討論，他們認爲曹成如今已是喪家之犬，而他手下的士兵大都是被脅迫或利誘才加入。如果能網開一面，把這些無辜的士兵加以招降，則無疑瓦解了曹成的力量，也可一次徹底消滅，以絕後患。

岳飛經過一番部署，命王貴、張憲帶兵出擊，並相機招降，最後敗曹成於連州（今廣東連縣），使得曹成勢窮力竭，只好逃入湖南，接受另一宋將韓世忠的收編。

解決了江西主要盜匪曹成後，尚餘下三支小匪軍，也很快被宋廷軍隊所平定。但是南宋的內部仍然殘留著許多不滿分子和盜賊，因此岳飛在平定了曹成後，高宗仍然下令他屯駐在江西的江州（今九江），進行安內的任務。高宗爲了獎勵岳飛，特別頒賜詔令稱讚一番，希望他能夠再接再厲，爲國平亂，維繫地方的安寧。並授岳飛爲五品官的中衛大夫、武安軍承宣使、神武副軍都統制。

紹興二年六月，岳飛率軍移駐江州。江州的地理位置北依長江，南邊又有廬山名勝，地控吳楚舊地，是屏障江南西邊的一個重要戰略據點。從江州一地出發，岳飛的軍隊內可遠赴各地征討，對外則可依長江和僞齊遙遙相對，隨時防止敵軍入侵，在時機成熟的時刻，甚至可隨時渡江收復失地。

這一次奉命駐紮江州，岳飛心裡就已開始盤算，對新加入岳家軍的一些士兵重新整訓。因爲在一連串的征戰中，岳家軍在各地吸收了許多壯丁，使部隊由萬人不到的數目，一下子增加爲二萬四千名的部隊。這種數量的激增，讓岳飛有了發揮的機會，所以他要嚴格訓練他的部隊，讓他們在將來進行北伐戰役中，能夠有效地發揮戰力，擊退金人的軍隊，達成收復失土的使命。

在江西駐紮訓練軍隊的同時，他開始在該地置產、購買土地和建造房屋，以收養從北方逃難而來的岳氏宗族。他利用所購的土地轉租給別人，每年收取租金來充作經濟來源，贍養他的宗族。而且從他建造幾十間瓦屋，作爲自己的私宅，我們可以感受到，岳飛似乎有長久定居江州的打算，即使將來抗金功成身退，完成北伐使命後，他也不再北回湯陰，將要留在江州養老，安度他生命中的餘年。

岳飛在江州一地建宅邸和購置田產，並將眷屬自宜興接來共享天倫之樂。尤其岳飛天性至孝，在歷經征戰的幾年期間，仍不時和家人保持聯繫，對母親姚氏的安危更是掛念不已。雖然湯陰故居已經淪陷在敵人手中，音訊往來十分困難，岳飛仍然盡量託人和家人聯絡，他曾經一度想把家人接到後方。可惜阻於戰亂，無法成行，經過數度奔走，終於在建炎四年（一一三〇年），把家人從淪陷區接到宜興。岳飛從此有機會可以服侍母親，並且照顧妻子兒女。在宜興的這一段時間，岳飛的妻子李氏生下了三子岳霖，而十二歲的長子岳雲也開始從軍，在父親的部隊接受訓練。

岳飛三十歲這一年，也就是紹興二年，他光復建康，剿平了贛、粵、湘等地的盜匪，被授命屯駐江州，於是又將家人從宜興接到江州來居住，使家人不再過著顛沛流離的生活，而能得到較好的安養。

雖然母親姚氏在江州受到岳飛夫妻的侍養和孝順，可是年齡已高，身體狀況已較往昔衰退許多，不時有疾病發作，幸賴岳飛不時在一旁侍奉湯藥，噓寒問暖，照顧得無微不至，才使母親平安無事。有幾次爲了照顧母親的病體，岳飛曾向高宗上奏，希望獲准請假，返回江州盡人子奉養的義務。但是，高宗均以軍情緊張沒有批准，而且特別把岳飛召至朝廷，對他孝親的行爲，當面予以嘉勉慰問一番，同時希望他能夠以國事爲重。

紹興三年（一一三三年）年初，以江西贛縣爲根據地的一批叛亂分子，因爲不滿貪官污吏橫征暴斂，加上土豪劣紳的敲詐勒索，聚眾反抗，在虔州、吉州（江西贛縣一帶）等地騷擾，形成地方上一股不滿的勢力。朝廷在這個時候，就派遣軍紀嚴明的岳家軍前往鎮壓。

吉州叛亂分子的首領是彭友、李滿等人，共有幾萬軍馬。紹興三年四月初夏，岳飛奉命出兵吉州，他仍然採用招降的策略，派人前往勸降，結果被彭、李等人拒絕。

岳飛乃率部將王貴、張憲分三路進攻叛賊，經過一場鏖戰後，叛軍被擊潰，首領彭友、李滿被俘。

結束了在吉州的任務，岳飛把目標轉往虔州，仍然先派人前往勸降，同樣也遭到拒絕。岳飛便命部將徐慶前往攻擊，連續攻破了幾百座山寨，俘虜了王彥、鍾超、呂添、羅誠等大小首領五百餘人。有人向岳飛建議把不投降的叛賊全數處死，但是，岳飛本人道的精神，沒有應允，才使叛衆全部投降，接受朝廷的處置。

在岳飛平服虔、吉州的叛亂分子後，朝廷曾經下了一道密旨，要把虔州城的百姓全部殺掉。因爲在建炎二年金人渡江南犯時，高宗的伯母隆祐太后由建康逃到虔州，衛士和虔州民衆因故發生衝突，當地土豪陳新率衆圍城，使隆祐太后受到驚嚇，直到援軍抵達才脫險。因此，朝廷對當地民衆印象十分惡劣，這次群衆叛亂滋事，高宗更加不悅，所以下令屠城。此事被岳飛知曉，認爲叛亂滋事是少數人領導，和其他無辜百姓沒有關聯，所以他向朝廷再三懇求，能夠撤銷屠城的旨令。經過岳飛力爭，朝廷才勉強准許撤回旨令，保住了虔州城全城的老百姓，因此虔州人特別感念岳飛的恩德。

當虔、吉州的叛亂被敉平後，江西安撫使趙鼎深怕該地民衆再起事端，希望岳飛能留五千名士兵屯駐虔州，隨時注意該地變化。另外樞密院又命岳飛抽調三千名岳家軍前往屯戍廣州，剩餘的一萬名士兵隨岳飛回江州駐紮地。從此處可瞭解到，岳家軍的聲名，已足以使寇賊聞之膽寒，獲得無數民衆的敬服，更博得朝廷的器重。當然，最主要的原因，還是岳飛嚴厲的治軍態度，約束官兵們不敢爲非作歹，並且賞罰分明，對待部屬嚴中有寬，讓士兵感受到他的恩惠。更難能可貴的一點，是他能與大部分的士兵同甘苦共患難，平常能和士兵共用粗糙的軍中伙食，對士兵經常噓寒問暖。在作戰時，自己也常常身先士卒，才能贏得全軍敬愛，願意跟隨他出生入死。岳家軍的聲望，便在這種不分官兵的共同戮力下，威震大江南北。

紹興三年九月，高宗賜御札召岳飛到臨安會面，十五歲的長子岳雲也隨同召見。岳飛在九月十三日入宮覲見高宗，高宗賜衣甲馬鎧弓箭各一副，金線戰袍，金帶手刀，銀纏槍，戟馬海皮鞍各一件。同時高宗頒發親筆所寫的「精忠岳飛」四字，製成旗幟，成爲精忠旗，爲至高無上的榮譽。另外頒發白銀二千兩，犒賞全軍。

九月十五日，高宗又任命岳飛爲鎮南軍承宣使，充江南西路沿江制置使，又改神武後軍都統制，仍制置使。這個職務相當於我國對日抗戰期間之戰區司令長官。另外還授予岳雲九品保義郎的官位。

到了九月二十四日又設五營本部在江州，使得岳飛的職權與當時大將劉光世、韓世忠、王瓔等並駕齊驅，同時分別置署各地防守。這時岳飛已直接受中央統轄，擁有單獨發號施令的權力。這一年岳飛虛歲三十一，實歲三十，岳飛對新任的職位感到十分惶恐，生怕無法擔當重任，辜負國家的一片厚愛。所以就寫下了一闋豪壯的〈滿江紅〉詞調，詞中有「三十功名塵與土，八千里路雲和月」一句，對他的戎馬生涯充滿著無限期待和感慨。

紹興三年（一一三三年）岳飛進討江西賊寇，在贛、粵、湘、桂等交界地區調動軍隊，途中經過了新淦（今江西樟樹鎮）伏魔寺，他有感而發，遂在寺中壁上題了一首七言絕句，一抒壯志，這首詩的全文如下：

膽氣堂堂貫斗牛，
誓將直節報君讎，
斬除元惡還車駕，
不問登壇萬户侯。

此時，岳飛年齡正值三十有一的壯齡，滿腔的熱血和愛國情操，在內心深處鬱積著。尤其在經歷靖康之禍後，徽、欽二帝北遷，北宋因而遭到了滅亡的命運，令岳飛覺得為人臣子，必須報此深仇大恨，才能算得上是盡忠報國。所以在平定江西地區的亂事後，內部的秩序稍微得到整頓，岳飛的下一個抱負便是驅兵北伐，直搗黃龍，一雪國仇家恨。至於個人的榮華富貴、封爵晉祿則顯得微不足道，他在伏魔寺中所題的這一首詩，便明顯地抒發了他的心態。

第二次和高宗會面時，高宗曾問他說：「天下到什麼時候才能夠太平無事呢？」岳飛毫不考慮地就做了以下的回答：「文臣不愛錢，武臣不怕死，天下自然就能太平。」高宗聽後，感到十分驚訝，對岳飛更是刮目相看。這句話成為岳飛的名言，畢竟，以一個武人的素養，能一針見血地指出時代的弊病，自然不是一位簡單的人物。

不過令岳飛最掛念的事情，當然仍是湖北和京西前線抗金的戰事。由於金人催促偽齊政權出兵滅南宋，劉豫就派遣了剛投靠不久的叛賊李成，率領大批軍隊入侵，一路連下襄陽、唐州、鄧州、隨州、郢州及信陽軍，並且計畫和湘湖一帶的盜賊楊么相結合。由於宋軍連續戰敗的消息不斷傳到臨安，剛好在臨安和高宗見面的岳飛，聽到這些消息，十分氣憤手下敗將李成的猖狂進犯，所以他向朝廷力爭，想要和入侵的偽齊軍隊一決雌雄，朝廷便作下決定，派任岳飛爲江南西路、舒州、蘄州制置使，擁有抽調江西及其附近駐軍的權力，使他可以伺機應變。另外，爲彌補兵力不足的岳家軍，把屯駐蘄州的統制李山和駐守江州的統制傅選兩支隊伍併入岳家軍。

接受了高宗的賞賜和任務後，岳飛便回到駐紮營部江州，他積極派人前往前線打聽戰況，另一方面也厲兵秣馬，隨時準備挺進湖北和京西前線，把入侵的李成擊敗，以解除對宋廷的威脅。就在紹興三年九月底，因僞齊軍隊的入侵，襄陽府知府李橫、隨州知州李道、蔡州信陽軍鎮撫使牛皋、郢州刺史翟琮、商虢鎮撫使董先等人，都因爲駐守地已被攻陷，不得已撤退南下，全部奉命由岳飛統率。不久，軍情又傳來知黃州鮑貽遜、漢陽軍鎮撫使呼延虎、興國軍鎮撫使徐璋等人都因害怕敵軍，放棄防地，倉皇逃走。高宗爲了鞏固整個防線的安全，便在十一月的時候，下詔命該地區軍事主力吳全、吳錫兩軍，就近接受岳飛的管轄，防守武昌地區。一時之間，岳飛肩負了大半江南的防禦任務。

岳飛得到這些抗金首領的幫助，便開始策畫戰略和軍事部署。尤其當岳飛得到李成和楊么聯合入侵的情報後，認爲只有在紹興四年（一一三四年）麥收前，先出兵攻打敵軍，一舉破李成、復襄漢，才能粉碎僞齊南北夾擊的計畫。他屢次向朝廷請求，希望能夠馬上進兵襄陽，攻取六郡，不僅可擊退李成部隊，而且可地控險要，隨時做恢復中原的準備。

朝廷內部，高宗和一些親信也爲了收復襄漢的戰事，多次進行詳細的討論。經過了幾次不同意見的爭議後，高宗原則上決定由岳飛率軍出擊，而劉光世派兵增援。不過在這個出兵的命令上，又加上一條限制，就是此次出師，只能以收復襄陽、六郡爲限，如果敵人逃遁出界，岳飛也不能率軍追趕，更不能有北伐或收復汴京的計畫，以免破壞了高宗和主和派等人想要和金人建立談判管道的計畫。

紹興四年四月十九日，岳家軍重新投入抗金戰場，雖然這次只是攻打金人的傀儡部隊，但他們認爲唯有消滅僞齊，才能瓦解金人在中原地區的統治力量。就在出師之前，高宗特地頒賜了捻金線戰袍各一件給岳飛的部將王貴、張憲、徐慶等，以激勵士氣。岳家軍就從四月十九日起陸續從鄂州渡江，岳飛在江心對著幕僚們慷慨發誓說：「岳飛如果不能夠擒拿叛賊李成，收復襄陽、六郡等地，我從此以後絕不再渡過長江。」部將們信心滿懷地聽著岳飛的誓詞，對這次出征充滿了樂觀的看法。

四、經年塵土滿征衣

襄陽六郡即是襄陽、隨州、郢州、唐州、鄧州和信陽軍（大約都在今河南、湖北交界地區）。這個地區的重要性是因爲南宋的都城在臨安（浙江杭州），爲了都城的安全，必須扼守長江，但是要守長江必先守淮河，因此可供大軍會戰的淮西平原，是宋軍必爭之地。守江南又必須先守荊湖，長江中游的荊州武昌等地，亦爲下游的屏障。所以在三國時期，吳不惜與蜀毀盟，殺關羽而取荊州。襄陽的地位，南控荊湖、東接淮西，在岳飛心目中，這是北進河南規復中原的基地。故當紹興三年底，李成陷鄧州，入襄陽，當時岳飛駐節江州，就打算以恢復六郡爲己任，直到朝廷批准了這次軍事計畫，岳飛才開始他的第一次北伐。

五月五日，岳家軍已安然渡江，大軍直抵郢州城下（今湖北鍾祥）。這時僞齊劉豫任命他的戰將荊超防守郢州，荊超以前是北宋皇宮的禁衛軍部將，驍勇善戰，生性強悍，號稱萬人敵，手下擁有女眞人和漢人混合而成的部隊，將近有一萬多名士兵，把郢州城防守得固若金湯。岳飛抵達郢州城後，在城外躍馬環顧一周，親自偵探敵情。

他舉起馬鞭，遙指東北角的敵樓，對部屬們說：「現在的情勢對我們非常有利。」岳飛還是採用勸降的方法，但遭到荊超的拒絕。岳飛大怒，下令軍隊一定要活捉荊超和他的屬下，到了此時，一場劇烈的攻城戰已勢不可免。

由於後勤供應不能完全配合行軍速度，岳家軍的軍糧只剩下少許。岳飛為了安定軍心，他很有信心地說，明日上午就能夠大破敵軍，軍糧的問題自然就可以解決。五月六日黎明時分，在緊擂的戰鼓聲中，岳家軍發動攻擊。這一次戰鬥異常酷烈，岳飛坐在「精忠岳飛」大旗下，鎮定地指揮部將，突然一聲，自天而降，一大塊炮石在他面前飛墜，左右都為之驚避，但岳飛卻文風不動，毫不動容。

將士們奮勇爭先，踏肩疊背登城，終於突破了郢城叛軍的頑抗。荊超眼看大勢已去，投崖自殺身亡。岳飛北伐的第一戰獲得勝利，但是岳家軍也付出了不少代價，才收復郢州城。

在郢州城一役後，岳飛乘勝兵分兩路，派遣部將張憲和徐慶朝東北方向進攻隨州（今湖北隨縣），自己親率主力部隊往西北方向的襄陽進軍，準備一舉攻下偽齊政權在江淮兩岸的大本營。

張憲和徐慶接到了岳飛的命令後，便即刻率領軍隊前往隨州，兵臨隨州後，偽齊知州王嵩還守在城裡，不敢出來迎戰。張憲和徐慶接連攻打了幾天以後，還是沒有辦法把隨州城奪下。新隸屬岳家軍的統制牛皋，眼見隨州久攻不下，便向岳飛請命，自告奮勇地要帶兵前往支援。他獲得了岳飛的允許，帶著部隊和大約三日的糧食出發。到了五月十八日，三天的糧食尚未吃完，牛皋便合力和張憲、徐慶攻下了隨州，殲滅五千僞齊軍，王嵩被俘，押往襄陽，交付岳飛處置。

這一次隨州攻城戰役中，岳飛的長子岳雲，年紀才十六歲，便武藝超人，勇冠三軍。他手持兩桿數十斤重的鐵椎槍，捷足先登，第一個衝上城頭，對官兵的士氣有很大的鼓舞作用。

接連在郢州、隨州二役被宋軍大敗的僞齊政權，眼見岳家軍攻勢凌厲，大勢頗爲不妙，急忙增加兵力，向在河北、河東地區的金人軍隊要求援助，調度兵力集結在襄陽東北的新野（今河南新野）、龍陂、胡陽和隨州的棗陽縣以及唐、鄧兩州。一時之間，僞齊軍隊聲勢大增。

由李成率領的僞齊軍隊經過增援後，號稱有三十萬大軍，氣勢洶洶，準備向岳家軍反撲。岳飛便命令手下統制王萬、荊南鎮撫使司統制辛太駐兵清水河，作爲誘餌，以使敵軍深入。但是辛太卻抗令不行，私自逃往峽州宜都縣（今湖北地區）。

六月五日，王萬接受岳飛之指示，牽制住僞齊軍隊後，岳飛指揮大軍夾攻，擊敗李成。六月六日，李成再次反撲求戰，岳飛看到敵方的陣勢，感到十分好笑。部將王貴和牛皋想要帶兵迎擊，岳飛對他們說：「李成已經被我打敗數次，我對他的戰術和陣勢頗多瞭解，因爲他的部隊平日練習疏忽，弱點甚多，再加上他的陣勢排列有錯誤，把步兵放置在平坦的江岸旁空地，卻把騎兵安排在江岸，已經犯了兵家大忌，必遭大敗，就算擁有數十萬的軍隊，也無能爲力。」聽完岳飛這一番解釋，牛皋、王貴心中已明瞭，也十分敬佩岳飛的軍事素養。於是王貴被派遣帶領長槍步兵襲擊對方騎兵，牛皋以騎兵衝散僞齊的步兵。僞齊軍隊受不住王貴、牛皋的猛攻，結果一敗塗地，軍隊四潰而散，騎兵混亂成一團，前列騎兵把後列騎兵擠入水中，岳家軍乘勝追擊，僞齊軍隊橫屍二十餘里，李成大敗，無力反攻襄陽。

劉豫得到前方大敗的訊息後，大驚失色，憂心如焚地向金人求援。金人爲了鞏固江淮一線，以防宋軍北上，不得不派軍馳援劉豫，於是派遣戰將劉合孛堇，和李成會合，集結成數萬的混合部隊，在鄧州駐紮防禦岳家軍的進攻。

宋廷得悉金、齊軍集結的消息後，十分惶恐，向岳飛頒發詔令，命他見機行事，不可輕舉妄動，如果能攻取之，就出兵進擊，不能攻下的地方，就先駐紮在襄陽，防守敵軍的反攻。朝廷詔令的大意，無非是要岳飛謹愼判斷，必要時可放棄收復唐州、鄧州、信陽軍三地的計畫。

岳飛知道勢必有一場惡戰即將展開，因此詳細地和部將商討了一個多月，作了萬全的準備，以迎金、齊聯軍。他首先派遣王貴和張憲分別自光化路、橫林路向鄧州疾進。七月十五日，王貴、張憲在州城外三十幾里地方，同數萬金、齊聯軍激戰。王萬、董先兩軍出奇兵突襲聯軍，一舉粉碎了敵軍的頑抗，金將劉合孛堇隻身逃竄，有數萬人馬被俘。

僞齊將領高仲率殘軍退守鄧州城，企圖負嵎抵抗。七月十七日，岳家軍猛烈攻城，將士們不顧驟雨般的矢石，攀附城垣，不久就攻陷鄧州城，生擒了僞齊將領高仲。

鄧州決戰的成功，使攻占唐州和信陽軍變得輕而易舉。二十三日，岳飛令李道攻陷唐州城，同時命令崔邦弼也攻下信陽軍一地，在短短幾日之間收復了鄧州、唐州、信陽軍三地，使得岳飛的第一次北伐大功告成。這次北伐是南宋第一次收復了大片失地，也是南宋立國八年以來進行局部反攻的一次大勝利。這一次大戰費時三個多月，收復失地近千里。被稱爲宋室中興戰役中的第一大戰功。

紹興四年八月，襄陽六郡終告收復，湖廣江浙一帶的寇亂全部消除，岳飛奉命屯兵鄂州（今湖北武昌）。這段期間，他曾登黃鶴樓賞景，並填了一闋詞以抒發自己的感受：

遙望中原，蒼煙外許多城郭。想當年，花遮柳護，鳳樓龍閣。萬壽山前珠翠繞，蓬壺殿裡聲歌作。到而今，鐵騎滿郊畿，風塵惡。

兵安在，膏鋒鍔。民安在，填溝壑。嘆江山如故，千村寥落。何日請纓提勁旅，一鞭直渡清河洛。卻歸來再續漢陽游，騎黃鶴。

這闋詞表達了岳飛強烈的民族情懷和為人臣子的夙願。

岳飛收復襄陽六郡之後，積極整頓該地，並任命自己的部將為該地官員，擔當建設該地的大任。他囑咐部將們必須把襄陽六郡建設成強固的前線陣地，才能遏止金人不時的騷擾。

岳飛部署好襄陽等地的防務後，便率領大部分軍隊撤往鄂州城，並就此屯駐鄂州。鄂州原是三國時期孫吳所建，是座因山附險的石城，曾是宋朝重要的貿易中心。

這座荊湖北路的首府，被選中爲岳家軍的大本營。

紹興四年八月，宰相趙鼎向高宗上奏，建議由岳飛在湖北鄂州一帶營田，可控制長江上游的要害，並且可在緊急時支援江西，使湖、廣、江浙一帶可以穩穩地控制在朝廷手中，不致發生內亂或金人來犯的事。高宗贊成此提議，便以襄陽、郢州、唐州、鄧州、信陽設置襄陽府路，歸岳飛管轄，大本營設在鄂州。八月二十五日，按照功績，高宗任岳飛爲清遠軍節度使。

在岳飛被封爲節度使時，已有大將劉光世、韓世忠、張俊和吳玠四人，岳飛則是因抗金戰功而建節者的第二人。他的戰功暫時還次於吳玠，至於三十二歲就被封爲節度使，在當時更是絕無僅有。

半年來在江淮一帶連遭兩次敗仗的劉豫，爲了重振個人聲威，只好硬著頭皮向金人請求援助，好讓他復仇。因此女真部隊就必須大量補充，才能應付劉豫的要求，於是金人向各個被統治的民族搜羅壯丁，準備大舉侵宋，而李成也建議，避開岳飛的防區，以免岳飛出兵，使自己腹背受敵。所以，金、齊的聯軍便在紹興四年十一月大舉侵淮，包圍了廬州城（今安徽合肥），而防守該地區有韓世忠、劉光世、張俊、楊沂中等人的軍隊，軍力合計約有十五萬，但因爲劉、張、楊等人畏懼金人的龐大陣容來襲，不戰而退。雖然有韓世忠固守該地，獲得了幾次小勝利，卻無法完全抵禦金人的攻擊，只得向朝廷緊急求援，然後向後方撤退，平白把兩淮地區拱手讓給金人。

高宗看到諸軍不敵金人攻勢，只好緊急調度岳飛的軍隊前往馳援。岳飛接到命令後，首先把襄陽地區的防務布置好，再率軍馳往淮西。

經過部將徐慶、牛皋等人的一番激戰，加上岳飛親臨廬州城門迎戰，把來犯的金、齊聯軍打得大敗而去，生擒八十餘人，所得物資不計其數。廬州之役最重要的一點，應該是把金人一意扶持的傀儡政權打得搖搖欲墜。

岳飛在紹興五年（一一三五年）解除了合肥的危機，當時金朝內部傳來了一則天大的消息，金太宗吳乞買因病去世，由年輕的完顏亶繼任爲熙宗，金廷內部開始面臨了權力分配的問題，政治鬥爭暗潮洶湧，主戰派、主和派兩大勢力壁壘分明，對宋的政策也因政治鬥爭而有所改變。主戰的粘罕、兀朮等人雖略居上風，但是主戰派的攻宋政策在初期尚有斬獲，到了中期後似乎無法全力打敗宋軍，使主和派的宗磐、撻懶等人看準了談判的策略足以奪取權力，就積極鼓吹和議，並派遣宋人秦檜回南宋做間諜，從事遊說的工作。

這時金朝的熙宗剛繼位，沒有足夠的力量可以抑制地方軍事勢力的跋扈，只有採取各個擊破的策略，聯合主戰派的勢力來抵制主和派，再從中奪取主戰派粘罕的權力，達到削弱地方權力，集權中央的目的。只是，這一目標實施起來困難重重。金廷內部力量的分散，以致對宋的軍事力量無法集中，南宋政權才有偏安江南的機會。

正當此際，洞庭水寇楊么和僞齊軍隊結合，要攻岳州、鄂州、漢陽、蘄州等地，配合著李成的三萬部隊，加上楊么本人的戰船，浩浩蕩蕩從長江而下。至於李成則率領了十七萬部隊，由江西陸地進逼江浙，準備和楊么水師會合。

楊么是武陵人鍾相的餘黨。鍾相曾在建炎四年（一一三〇年）二月二十一日自稱楚王，以旁門左道的邪法，妖言惑衆，自己封爲天大聖，自稱有和神仙通靈的能力，能救人和治療疑難雜症。因此附近數百里地區的人民，都相信他的法力，願意從他叛亂。這些亂民跟著鍾相騷擾鼎州、澧州、潭州、峽州、岳州等十九縣。楊么正是響應鍾相叛亂的一分子，他聚衆起於龍陽（今湖南常德），本名楊太，因在諸盜中年紀最小，所以被稱爲楊么。他計畫和僞齊政權呼應，順著長江南下，騷擾江浙一帶地區。楊么並且自稱大聖天王，按照帝王的儀禮官名，準備稱帝建制。故而朝廷對他感到非常不滿，直想儘快消滅他。紹興五年（一一三五年）高宗便命令岳飛前往江南北岸討伐楊么。岳飛在討伐楊么時，採取了兩種主要策略，以敉平這股水寇。

第一，他將以往寒冬用兵的策略改變為炎夏作戰，並且斷絕楊么諸寇的後勤，使他們到秋冬之際，遭到斷炊絕糧的危險。另外分遣軍馬，扼守各要衝，嚴密封鎖，禁止附近居民和盜寇交易，採用長圍久困的辦法，以求瓦解楊么諸寇的鬥志。岳飛的這個辦法得自他麾下的後勤官薛弼的獻策，薛弼為了讓岳飛瞭解他的策略，還實際打了一個譬喻，他端來一盆水，水中放了一尾鯉魚，在盆水滿盈的時候，鯉魚悠哉地暢游，然後將水舀出，鯉魚便無法行動，任人捕捉。岳飛看了這番表演，發出會心的微笑，採用了這項策略。

第二，他準備採取「且招且捕」的手腕，以招撫誘降為主，軍事進攻為輔的方針。

同年四月，岳飛到達潭州，並派遣使者，到各叛亂分子的營寨勸降，他還命令當上潭州兵馬統轄的降將楊華串通舊部，設法謀害楊么，結果並沒有成功。經過了一番勸降後，岳飛的昔日敗將黃佐首先率部出降，岳飛保奏他為正七品的武義大夫，並給予豐富的賞賜，以引誘其他叛賊的投降，孤立楊么和李成。岳飛為了表示對黃佐的歡迎，他單騎前往黃佐的部隊巡視，加以慰問安撫，以示信任黃佐的歸降，籠絡黃佐部隊的軍心，使得黃佐感激不已，再三拜謝岳飛的大恩大德，並接受軍令，願意領頭攻打其他水寨。

在黃佐的帶領下，接連破了周倫、鍾子義等叛賊，使岳家軍所收服的叛賊愈來愈多，也更加逼近了楊么的大寨。岳飛在此時派遣黃佐誘降楊么麾下最驍悍的將領楊欽，而楊欽仍猶豫觀望，下不了決心。六月二日，岳飛派幕僚黃縱前往楊欽水寨，下達最後通牒，說岳飛等候在鼎州城上準備發動進攻，即將火攻楊欽的整個營寨。楊欽在威脅利誘下，只好率全寨老小一萬多人向岳飛投降。楊么的部將接二連三地被岳家軍征服，現在只剩下楊么的主力部隊尚未叛離楊么。

楊么的水師是一支精銳而且具有特殊設備的船隻。這些船隻包括了楊么自己設計製造的二十四車的大樓船，名叫「和州載」；楊欽的二十二車，叫「大德山」；以及體積較小，行駛輕快的「海鰍船」數百條。這些船隻皆高至數丈，更有高至十丈以上的，船上裝有輪子，輪轉水動，船速極快，船的兩旁並且裝有「撞竿」，他船如果企圖接近，只有被撞碎一途，各船上又都儲存了大批的矢石，加上用二尺長的硬木頭，磨銳了兩端，能從高處混雜投下來的「木老鴉」，殺傷力更是驚人，楊么就是仗著他這些特殊武器，雄霸一方。

岳飛要破楊么的水師，自有他的獨特妙法，眞所謂「強中自有強中手，一山還比一山高」。他先砍下君山的木頭，做成木筏，塞住洞庭湖的港汊，又將那腐木亂草順流送下，然後選擇一二口齒伶俐的官兵，向楊么挑戰，且行且罵，等到楊么盛怒，命部屬來追時，腐木、亂草早已塞住舟輪，轉動不得。官兵張開牛皮做掩護，運送巨木使之成爲工具，盡力搶攻，楊么的船隻悉數都被破壞，楊么在混亂之中被岳飛部將牛皋所擒殺。楊么在當時氣盛勢雄時，曾公開揚言：「有人想要進犯我的水寨，一定要岳飛部隊，才有成功的希望。」想不到居然一語成讖。

岳飛在剿除了巨寇楊么之後，這個時期淮西、江南各地的匪患，都因爲岳飛的軍隊，已先後平定。高宗就任命岳飛兼任蘄黃州（今湖北蘄春、黃岡兩地）制置使，但是岳飛以匪患都已消除殆盡，沒有需要他出征之事，遂向高宗上奏請辭軍職，希望能夠藉此療養因爲連年勞瘁所得的目疾，而且思母心切，欲侍奉母側，以盡其孝行。

高宗並沒有答允岳飛的請求，岳飛又繼續兩度上奏請辭，均爲好言慰留。這一年岳飛三十三歲，有感高宗的慰留懇切，岳飛只好勉強接受新職，回到屯駐地鄂州，受任爲鎮寧、崇信軍節度使，神武後軍都統制，充荊、湖南北、襄陽府路、蘄、黃州制置使。

紹興五年（一一三五年）九月十二日被封爲檢校少保，進封武昌郡開國公。屯駐鄂州，實施整訓，次年且兼湖北西路宣撫副使及營田大使，積極準備第二次北伐的任務。

事實上，單憑岳飛和他的部將，並不能把戰地政務處理得有條不紊。因爲光憑軍事力量和武人的施政方法，很難有效地治理整個軍隊和收復地區的事務，因此岳飛必然有一群文人做他的幕僚，幫他出謀策畫，才能處理愈來愈多的事務。

在宋朝重文輕武的積習影響下，士大夫往往不屑當武將的幕僚。擔任幕僚者，經常會被人譏笑，以致許多士大夫多恥於從軍，使得軍事將領無法獲得文人的有力幫助。但是也有一些愛國情操比較強烈的士大夫，不顧別人的議論譏笑，毅然決然地帶筆從軍。一方面是出於時代的需要，另一方面也是岳飛本人的禮遇，使許多士大夫都投入岳飛的幕府。當然，他的幕府之中也不免魚龍混雜，有好有壞。事實上，岳飛的大部分幕僚都不是圓滑而見風轉舵的角色，而是有骨氣，有操守，堅持追隨岳飛抗金的志士。較著名者有嚴州人（今浙江建德）朱夢說。朱夢說是個博學之士，在北宋徽宗時代曾上書言事，痛陳時弊，北宋末又參加在汴京城的抗金行動，岳飛將他邀請到自己的軍中協辦公事，兩人志同道合，十分融洽。

另外有溫州人（浙江溫州）薛弼、洺州人李若虛等共同輔助岳飛。尤其岳飛擔任招討使，統率一支大部隊，更需要有一個精悍的幕僚機構，幫他處理招討使司的許多事務，草擬公文或奏札。他在這一大群文人士大夫的輔助之下，對政務能夠更清晰地掌握，遂能積極整頓各地的建設。

紹興六年（一一三六年），在北方從事抗金運動的梁興，突破了金人的防線，帶領一百多名精悍的騎兵，突過大河，取道襄陽府，抵達鄂州。他們受到岳飛熱烈的款待，岳飛看到起義來歸的梁興，更是高興，當時就把消息呈報朝廷，留梁興在岳家軍中任職，連結河朔抗金的工作更得以大力開展。使北方人民的抗金行動由低潮逐漸轉向新的高潮。

當岳飛開始做第二次北伐的準備時，不料有兩件個人的不幸，糾纏了岳飛整整一年有餘，耽誤了出師北伐的軍事計畫。

第一件事情是岳飛的眼睛，他的眼睛經常疼痛。岳飛是北方人，很不適應南方濕熱的氣候，自收復建康後，相繼六年，都是在炎暑盛夏行軍打仗，他的眼睛大概受了物理刺激和細菌感染，年年發病。紹興六年五月，病勢更重。他生怕因爲個人的疾病，而耽誤了恢復故土的大計，接二連三地上奏，懇請解除軍務，以免誤事。然而高宗正需要戰績，增加和金談判的籌碼，當然不會輕易讓岳飛辭官返鄉。所以就回絕了他的請求，而且岳飛經過了大夫的一番治療，隨著秋冬的來臨，目疾漸漸好轉。

可是沒想到第二件不幸之事又降臨到岳飛身上，就是年邁老母的去世。他的母親姚氏自從在淪陷區飽受憂患與驚悸的折磨之後，被岳飛接到宜興、江州等地，卻因水土不服，使這位年過七十的老人家，成年臥病，最後在紹興六年三月二十六日與世長辭。

岳飛對母親的侍奉是極其溫順體貼的，儘管軍務繁忙，但只要不出兵作戰，他總是晨昏伺候，親自調藥換衣，無微不至。兩年前，就曾因為母親病情嚴重，懇請暫解軍職。所以當他母親逝世，他的悲慟更可想見。

岳飛得到噩耗後，馬上擱下手中要務，返回江浙奔喪。高宗也下詔厚葬之，特贈銀一千兩，絹一千匹，以示慰問岳飛。岳飛依照慣例，在東林寺守孝三年。但是因為軍機大事不能耽誤，加上高宗連番催促，如有違令，將受到嚴厲的懲罰，在不得已的情況下，岳飛只有拖著消瘦疲乏的身體，紅腫未癒的眼睛，重返鄂州。

在南宋朝廷負責管束各將領的指揮者，是堅持主戰的右相張浚，他對集中兵力和協調各軍作戰沒有什麼概念。紹興六年（一一三六年）年初，他召集諸將在鎮江召開會議，準備北伐的事宜，會中決定韓世忠由承州、楚州出兵，進攻京東東路的淮陽軍（今江蘇邳縣西）。岳飛由鄂州進駐襄陽，挺進中原。張俊由建康府進駐泗州州治盱眙縣，劉光世由太平州進駐廬州，楊沂中的殿前司部隊充當張俊的後援。韓世忠和岳飛兩軍採取攻勢，而張俊和劉光世兩軍採取守勢。劉光世的任務只是招降敵人，張俊的部分軍隊還須留在建康訓練，這實際上是對張俊和劉光世擁兵自重的一種遷就。至於在川、陝地區的吳玠軍，更不在張浚的軍事計畫之內，而按兵不動。

紹興六年（一一三六年）七、八月間，岳飛率領部隊進行第二次北伐。他首先派遣左軍統制牛皋當先鋒，進攻僞齊新設的鎮汝軍（汝州魯山縣），牛皋以迅雷不及掩耳的速度，很快便攻下這個陣營，繼續揮軍向東，掃蕩潁昌府。

岳飛採取了聲東擊西的戰術，以牛皋的部隊來分散敵軍注意力，岳飛和主力部隊則往西北方向進擊。八月初，部將王貴、董先、郝晸等將攻占虢州州治盧氏縣（在今河南），殲滅僞齊軍守軍，俘獲了十五萬石糧食，接著又分兵奪取虢略（今河南靈寶縣）、朱陽（今河南靈寶縣西南朱陽鎮）和欒川三縣。王貴在虢州得手後，繼續西向，又克復商州全境，包括上洛（今陝西商縣）、商洛（今陝西商縣東南商洛鎮）、洛南、豐陽（今陝西山陽縣）、上津（今湖北鄖西縣）等五縣。

商州和虢州都是戰略要衝，北可控扼黃河，東可入洛陽，西可攻關中，幾乎把僞齊政權所統轄的地區一分爲二。岳家軍接連三戰奏捷，高宗感到非常高興，特頒詔文對岳飛嘉勉慰問一番。

在這同一時間裡，岳飛的得意部將王貴，命令副將楊再興由盧氏縣向長水縣（今河南洛寧縣）進發。八月十三日，僞齊軍隊和岳飛軍隊在長水交戰，勇猛的楊再興當即分軍應戰，將幾千敵人打得大敗，斬殺僞齊將領數人。十四日，楊再興抵達孫洪澗，和僞齊軍隊兩千多人隔澗列陣對峙，雙方隔水互相用箭攻擊對方，此時楊再興再度指揮部下勇猛衝鋒，又痛擊敵軍。十五日夜間二更時分，岳家軍進而奪取縣城，繳獲糧食兩萬石，楊再興下令把糧食分配給軍士和當地百姓食用。永寧（今河南洛寧）和福昌兩縣也相繼攻克，西京洛陽城已近在咫尺。

岳飛在部將接二連三奏捷後，更對長驅伊、洛的反攻戰略有著莫大信心。他開始進行南宋立國後首次堂堂正正的大規模戰略反攻。不過接下來岳家軍開始遭遇到許多困難，由於岳家軍轉戰於山區之間，道路崎嶇，運輸不便，軍糧供應不足，岳飛固然可以從敵方擄獲大批糧食，但是一方面要供應軍需，一方面又要救濟百姓，卻仍感不足。後方的補給也困難重重，供給時常匱乏，在這種情況下，岳飛經過一番思量，決定停止進攻，率主力部隊班師回鄂州。不過在第二次北伐所收復的商州和虢州地區仍爲岳家軍所控制，並且派官員治理該地，逐漸把商州建設成堅固的前線陣地。

五、班師一詔撼千秋

南宋從建炎年間（一一二七年～一一三〇年）偏安江南，金人曾數度南侵，戰爭連綿不斷。金人憑仗初盛時的強大武力，想要一舉滅掉宋廷，所以對於南宋一再遣使求和，要求女眞歸還徽、欽二帝，都不予理睬，雙方和談沒有什麼進展。

金人爲了徹底控制中原地區，實施以華制華的二元政策，就扶持傀儡政權——僞齊劉豫，替他進行滅宋的大業，故從建炎四年（一一三〇年）到紹興七年（一一三七年）劉豫被廢，宋金間的戰爭都是以宋和僞齊的戰事爲主。雖然金人也曾數度援助僞齊，但規模都不大。這一段時間中，主要戰役有紹興三年（一一三三年）金人陷饒風關、攻拔和尙原之役；紹興四年（一一三四年）吳玠的仙人關大捷、韓世忠大儀之捷，和岳飛收復襄陽六郡的大勝利，以及紹興五年（一一三五年）楊沂中的藕塘之捷。南宋以四大將爲骨幹，防守淮南和湖北，即韓世忠守鎭江和揚州，劉光世和張俊守安徽和江西，岳飛守襄陽鄂州一帶。陝西和四川則由吳玠吳璘兄弟防守。高宗君臣並不是都沒有北伐中原的雄心壯志，只是政策常隨時局而搖擺不定。如紹興五年曾以趙鼎、張浚爲相，紹興六年高宗曾一度親征。紹興七年主戰的張浚力圖再舉，卻因大將酈瓊叛變，執殺呂祉，以四萬人投奔僞齊而失敗，張浚因此罷相，到了紹興八年以秦檜爲相，高宗才逐漸傾向和議政策。

在這一段期間，南宋曾經幾次遣使向金求和。金人也於紹興三年第一次派遣使臣到南宋，提出幾點要求，第一點爲歸還僞齊及西北士民被困在東南者。第二點是把長江以北地區劃給劉豫。宋人對這些苛刻條件自然不能同意，但仍然繼續遣使進行和談。紹興七年（一一三七年），宋使王倫影響撻懶，準備要廢除僞齊劉豫，並且把黃河以南的僞齊故地交還南宋。這一次的交涉，也和金朝大將重臣的權力鬥爭有關。金朝皇帝和官僚集團都想要集權中央，而華北地方將領粘罕、撻懶以及太宗子之子宗磐則企圖保有在地方的勢力，他們彼此間互相爭權，而且宗磐還有覬覦皇位的野心。在雙方衝突的過程中，粘罕於紹興六年（一一三六年）死亡，撻懶和宗磐等主和勢力便日漸坐大。爲了免除後顧之憂，他們主張將河南地還給南宋，進行雙方面的談判。

雙方積極進行議和，但進展並不是十分成功，可是南宋高宗仍舊倚重秦檜繼續進行談判。紹興元年至二年，高宗一度任用秦檜爲右相，力主和議。紹興八年二度爲相，積極促成河南地歸宋。當時朝廷內反對和議的人很多，其中言論最激烈的是胡銓，主張斬秦檜、王倫，否則情願蹈海而死，也不願意做小朝廷的臣子。高宗大怒，將他貶逐，這是在紹興九年第一次議和前雙方政局的大概發展。

劉豫三番兩次受挫於宋軍，內心憤憤不平，當然不肯善罷甘休，但由於沒有足夠的軍力，不得不向金朝求援，可是這時候，劉豫竭力奉承的粘罕和高慶裔的權勢——所謂「西朝廷」，已冰消瓦解，沒什麼指望。他這次告急求援，幾乎受到全體女眞貴族的冷落，金人不同意出兵攻宋，只派大將兀朮屯兵濬州黎陽縣，觀望情勢。

劉豫求援碰壁後，決定鋌而走險，他派出號稱七十萬的大軍，其實只有三十萬鄉兵，在紹興六年九月間，兵分三路進犯淮西，東路由姪兒劉猊統領，從紫荊山出渦口，攻打濠州定遠縣（今屬安徽）。中路由他的兒子劉麟統領，從壽春府進攻廬州。西路由孔彥舟統領，企圖奪取光州（今河南潢川），直指六安軍（今安徽六安縣）。劉豫還派兵士身穿胡服，在京西各州縣往來招搖，詭稱金軍已到，既爲僞齊軍隊壯膽，又藉以恫嚇宋軍。

這時宋諸將大致也劃分了防守區域，淮東宣撫使韓世忠駐軍承楚（今蘇北），淮西宣撫使劉光世西屯於太平州（今安徽），江東宣撫使張俊屯於建康府（今南京），而湖北京西宣撫使岳飛在鄂州駐紮。宋軍總指揮張浚以爲劉豫此次來襲，聲勢浩大，所以就積極部署預防偽齊軍隊的偷襲，並且向高宗上奏，希望高宗能親自督軍前線，和諸將共同會師抵禦劉豫。

經過張浚的有效協調，宋軍在各地都痛擊偽齊軍隊，王德和酈瓊的前鋒部隊在霍丘縣等地打敗偽齊軍，遏制了劉麟的攻勢。楊沂中會合張俊部隊將張宗顏等在定遠附近的藕塘，大敗劉猊。由湖南路調任殿前司摧鋒軍統制的吳錫，在此次防禦戰鬥中也起了相當大的作用。孔彥舟圍攻光州不下，也聞風逃竄。偽齊的進犯被擊退，但是宋軍的追擊並不順利，無法取得決定性勝利，最後無功而返。

當劉豫入侵之時，岳飛正在鄂州療養目疾，等到眼睛稍微有起色，岳飛就馬不停蹄地率軍馳援前線，尚未到達作戰地點，劉麟部隊已被王德等將領擊退，岳飛就趕緊把這個大好消息上奏高宗，高宗接到此函，很高興地對左相趙鼎說：「劉麟被我軍所敗，固然可喜，而諸將知道朝廷的重要，更是可喜。」就頒賜御札，命令岳飛不必追擊偽齊軍隊，只要前往襄陽、鄂州一帶作好防禦攻勢就好，不要想一舉北伐中原。岳飛只好帶領軍隊前往駐紮地。

這時候有一支偽齊軍隊在唐州附近屯駐，隨時威脅著唐州的安危，岳飛就命令部將王貴、董先等人率隊前往攻擊，把偽齊軍隊所屯駐的陣營完全破壞掉，他們同時向岳飛請示攻取蔡州的計畫，結果朝廷不准他們輕舉妄動，岳飛只有把王貴等人召回。

蔡州城是僞齊布置的陷阱，李成、李序、商元、孔彥舟、王彥先、賈潭等十將已在附近設下埋伏，準備在岳家軍頓兵挫銳之際，進行圍殲。結果在牛蹄一地，想要追逐岳家軍的僞齊軍隊反而中了埋伏，突然之間，四周的山崗上遍豎起岳家軍的旗幟，殺聲震天，雄兵猛將從四面八方分進合擊，殺得敵軍的屍體填滿溪谷，並俘虜了不少僞齊軍士，直到接到了朝廷的班師令，才迅速從蔡州撤軍。

岳飛的第三次北伐，按其規模和聲勢，都比前兩次小。淮西戰場有劉光世、張俊和楊沂中三部共同作戰，而從商州到信陽軍，地面更加遼闊，卻只有岳家軍單獨出戰，顯示出岳飛部隊具有高度的戰鬥力。

紹興七年正月（一一三七年），金朝向南宋通報了徽宗的死耗，故高宗在接見臣僚時，就流露一副涕淚滿面、哀不自勝的模樣。同時，他也召岳飛到臨安覲見，討論一番國勢軍情，順便問及岳飛是否有良馬，岳飛不假思索，很有技巧地作了一個比喻，他答：「微臣有兩匹馬，每日吃芻豆數斗，飲水一斛，但是如果芻豆和飲水不夠乾淨，則這兩匹馬寧願餓死也不願受食。若把馬鞍放在牠們背上，讓牠們盡情馳騁，剛開始時，牠們的速度並不快，等奔馳到百里後速度愈來愈快，從中午到傍晚這一段時間，大約可奔馳約兩百里。把鞍甲拿下後，這兩匹馬既不喘息也不流汗，好像沒有跑過一樣。這種良馬的特性是要好的飲食，不隨便就食，而奔馳時也不會一開始就猛衝逞強，知道如何分配力量和速度，這是能夠日行千里的良駒。不幸最近相繼死亡，十分可惜。而微臣近來所騎的座騎，每日飲水不過數升，而糧食也毫不挑剔選擇，飲水也沒有什麼要求。馬鞍等用具尚未放置妥當，此駒便急切地往前奔馳，不到百里的距離，就汗流滿地，力量耗竭而暴斃。這是因爲這匹馬容易滿足飲食，喜歡逞強好鬥；結果常常不能跑完全程，這種馬一看便知道是駑鈍的馬匹。」高宗聽完這一番議論後，感到非常高興，稱讚岳飛說：「賢卿的議論十分恰當。」

在這一段對話中，岳飛自擬爲千里良駒，希望高宗能善加重用，不要看到那些不肖的小人，一時之間能夠迎合心意，就重用他們，到時候所得到的結果和那駑鈍之馬的結果是一樣的。岳飛這一次面覲高宗，被拜爲太尉，陞遷爲湖北京西宣撫使兼營田大使。

岳飛這一次增添了太尉的頭銜，並將宣撫副使兼營田使升格爲宣撫使兼營田大使。太尉是武階官中最高的一級。宣撫使與招討使、制置使等實職相同，而級別最高，可與執政平列。過去，大將中只有韓世忠、劉光世和張俊三人任宣撫使，吳玠和岳飛資歷較淺，只能用宣撫副使的名義任職。此時岳飛的實職已超越吳玠，而與韓世忠等三大將平列。

紹興七年（一一三七年）三月，高宗移駕前往建康府，並單獨召見岳飛，向他說：「宋室中興大業，本人要委託給賢卿，除了大將張俊、韓世忠不受節制外，其他將領一概由賢卿統轄之。」岳飛節制的範圍，不僅包括了劉光世軍，還應包括仍爲宣撫副使的吳玠軍、殿前司、侍衛馬軍司、侍衛步軍司等，總計約十六、七萬人，不歸節制的韓世忠和張俊兩軍，總計約十萬人。

高宗委岳飛之重任，把全國大約七分之五的兵力，慷慨地授他指揮和節制，使岳飛欣喜若狂，所以他便寫了一份奏札，感謝高宗的厚愛，也在奏札中提出了全盤的軍事計畫，準備用兩三年時間收復失土。岳飛滿懷著決勝的豪情壯志，他唯一的憂慮就是軍糧補給問題，故在上高宗的奏札中特別強調此一問題，希望能引起皇帝的關注。

岳飛向高宗提出的全盤軍事計畫，很快遭到張浚的反對和秦檜的破壞。張浚唯恐岳飛搶去他的職位和權力，因此對岳飛心懷嫉妒。在他看來，統一節制全國軍馬，指揮北伐戰爭，只有自己才名實相副，岳飛是不夠資格的。加上秦檜對岳飛也懷著不滿的態度，兩人遂聯合起來說服高宗，期望他能改變心意。他們向高宗陳述宋太祖以武將的身分發動陳橋兵變，黃袍加身，故特別防範和猜忌武將，成爲宋代傳家的法規，高宗自該恪守不違。張浚和秦檜想要提醒高宗，不要忘記列祖列宗的家訓，讓岳飛掌握太大的軍權，一旦功高震主，就後悔不及了。

高宗經過他們兩人不斷的遊說，終於改變了原有的心意，立即寫手詔給岳飛，指示他以前所降給王德等人的親筆，須得朝廷指揮，才許岳飛節制淮西之兵。岳飛沒有想到事情變化會如此快，憤怒的心情難以言喻。於是直接上奏請求解除軍務，以表示對高宗出爾反爾的抗議。同時他在一怒之下，沒有經過皇帝的准許，在歸途中逕自前往廬山東林寺，給亡母守孝。

高宗聽到岳飛擅離職守之事，感到非常震怒，打算加以懲罰，經過多人的勸告，高宗權衡利害得失，改變了心意，嚴旨命令王貴和李若虛等部將，去廬山敦請岳飛出山。

王貴和李若虛帶了詔旨來到廬山東林寺，任憑他們怎樣勸說，岳飛還是不肯下山復職，經過部將李若虛嚴厲的責備，岳飛也明白再固執下去，對抗金大業不會產生任何好處，終於接受詔旨，起程前往建康府，覲見高宗。就在幾個月前，岳飛一度是高宗最賞識的軍事將領，現在卻又成了皇帝最猜忌的武人。君臣之間的裂痕已無可彌合，高宗只是表面上作些應付，骨子裡毫無誠意。

就在岳飛回到岳家軍的部隊時，淮西傳來消息，說當地爆發了大規模的兵變。劉光世遭到朝廷撤職後，王德升任淮西軍的都統制，十分驕倨。一天，在教場閱兵，眾將執檄用軍禮拜謁，請王德改變心意。不料，粗魯的王德不懂得安撫人心，竟不答一言，上馬揚塵而去。王德既犯眾怒，部將酈瓊乘機夥同眾將，聯名上告王德。宋廷乃任命酈瓊為副都統制，張浚復命心腹呂祉前去監督淮西軍，將王德的八千人馬調回建康。

呂祉奉命前往淮西監軍，他善於紙上談兵，卻並無治軍經驗。他沿襲宋朝重文輕武的積習，妄自尊大，對眾將傲慢無禮。酈瓊陰蓄異志，乘機拉攏了大部分將領。呂祉發現形勢不妙，密奏宋廷，請求派大將進駐淮西，罷免酈瓊的兵權。不料奏章的內容外洩。八月八日，朝廷發表張俊為淮西宣撫使，楊沂中為制置使的訊息傳到淮西軍中，恰好成了導火線。酈瓊殺掉呂祉，威脅全軍四萬多人和他一齊投降偽齊。宋朝前沿四大軍區之一，一時竟處於無兵無防的狀態。高宗慌亂中對岳飛遞發手詔，命令岳飛寫信爭取酈瓊歸宋，可不追究以前的過失，然而岳飛的書信，終究不能使酈瓊回心轉意。

就在這個時候，又掀起了另一陣風波，使得高宗和岳飛君臣的關係陷入谷底。這一件事情便是岳飛向高宗建議立儲的風波，因爲岳飛得到消息，獲悉金人準備廢黜劉豫，改立欽宗的兒子爲傀儡皇帝，圖謀製造兩個宋朝南北對峙的局面，所以他向高宗建議早立太子，以破敵人的陰謀，可是遭到高宗的疑忌和不滿，認爲岳飛以一介武將，不應干涉參預立儲大計，這事件更加深兩人關係的惡化。

宋朝歷來傳統政策，便是安內重於攘外，在南宋高宗時期尤其明顯，而要安內就必須對武將嚴加防範。雖在高宗初即位幾年，迫於形勢，不得不讓將帥們居高位，掌重兵，但是高宗和文人系統們，大都對將帥抱著且用且疑的態度。尤其經過紹興六年的幾次宋金戰役，宋軍連連奏捷，使高宗對於在東南立足，已具有相當信心，而發生在紹興七年的淮西兵變和立儲風波等事，更使朝廷對將帥們都有忌憚。因此高宗經過一番深思熟慮之後，他盤算了一個計畫，準備用一、二年的時間，對各軍實行分割或縮編；唯有大將兵分勢弱，他才能高枕無憂，維持偏安一隅的局面。而後在紹興十年把諸將帥調回京師轉任文職，都是他和秦檜的計畫之一。

紹興七年（一一三七年）十月，劉豫又向金人乞求發兵，支援他率軍南侵江淮地區，可是這時候的金朝政局發展已有重大變化，劉豫的有力支持者大都病故或失勢，如粘罕、高慶裔等，使他頓時失去靠山。加上金熙宗對劉豫不甚滿意，就決定廢黜劉豫。表面上仍然贊成出兵援助劉豫，建元帥府在太原，屯駐軍隊在河間，然後命僞齊兵力調度由元帥府負責，把兵力部署在陳州、蔡州、汝州、亳州、許州、穎州之間。到了十一月，金熙宗命令尚書省撰了一份檄文，痛斥劉豫的治國無狀，凡事多誤，終無所成，所以決定廢除之。

熙宗命令撻懶諸將用侵江南爲藉口，進攻汴京，然後用計謀，騙過了僞齊軍隊，生擒了劉豫之子劉麟，得以進入汴京，長驅直入東華門，威脅劉豫出見。然後金將兀朮命令屬下準備一匹劣馬，把劉豫載往金明池，將他囚禁起來，並降爲蜀王。又將劉豫的家人全部押往臨潢府加以監視，名爲賞賜錢一萬貫，田五千頃，牛五十頭，實爲削除劉豫家人的反抗力量。然後金人在汴京城內大加搜括，不下當年的靖康浩劫。

自紹興八年開始的四年之間，在南宋朝廷內，主和派和主戰派之間的鬥爭表現得空前激烈。高宗和秦檜原以爲進行和議政策，並不會費多少氣力，他們沒有料想到竟會招致這麼多人的反對。很多主戰派將領無法瞭解高宗求和心理的用心何在。建炎年間，高宗逃竄江南，流亡在海上，生命隨時有危險，國祚隨時有中斷的可能，所以向金朝求和，尚可說是迫於形勢，如今軍威既振，強敵屢敗，不用和金人議和，高宗依然可穩居帝位，爲什麼非要向殺父之仇屈膝求和不可。這些將領忽略了他們本身對高宗所構成的威脅，因爲高宗深深畏懼將帥們擁兵自重，寧願削弱國力，收回兵權，和金人維持均勢，也不願看到將帥們功高震王，掌握過重的權力，威脅到南宋政權的存在。

主和派是南宋朝廷裡較保守的部分，組成這個政治勢力的每一位成員，都有個人的政治動機，不盡相同，高宗有高宗的盤算；秦檜有秦檜的企圖；趙鼎主和是出於害怕戰爭，貪圖安逸的心理；另外趨炎附勢的勾龍如淵，他主張議和完全出於逢迎巴結，以求個人高官厚祿的私慾。這些人的動機組合，恰好構成了主和派，它代表了狹隘的私人利益組合，不顧國家和民族的千秋大業。因此高宗屈膝求和的政策，不僅違背廣大人民的利益，也不符合多數人的意願，其社會基礎其實非常薄弱。

高宗和秦檜既然決定屈膝求和，不能不考慮到擁有重兵的三大將之態度，於是下令韓世忠、岳飛和張俊，召他們到建康府，聽聽他們對此事的看法，試探他們的態度，以便做些籠絡和說服的工作。

紹興八年（一一三八年）冬天，爲了壓制不同政見，加緊進行求和活動，高宗決定更動宰相和執政官，他罷免了王庶、趙鼎、劉大中三人，並由秦檜引進黨羽孫近爲參知政事。秦檜獨攬中樞大政，但他心存當年罷相的餘悸，害怕皇帝反覆，便單獨對高宗請求，不要與其他臣屬談論和議之事，由他全權負責。他還要皇帝多加考慮清楚，經過幾次的上奏試探，他知道高宗的意志已經堅定，和談之事已有把握，才提出和議方案，並且要求由他專決和議的有關事項，高宗都欣然同意他的請求。

由於朝野反對議和的呼聲日益高漲，不可遏制，中書舍人勾龍如淵向秦檜獻計，希望由秦檜控制御史台和諫官，就能挾制反對的浪潮。因此秦檜擢用勾龍如淵爲御史中丞。根據宋朝官制，御史台官和諫官，可以糾劾百官，評議時政得失，是朝中言路所在，如今由秦檜同路勾龍如淵當上御史台的長官以後，御史台和諫官便成爲秦檜箝制輿論、排斥異己的工具。

紹興八年十一月，金朝詔諭江南使張通古攜帶金熙宗詔書，偕同宋使王倫南來，他所帶來的詔書中，不稱宋國而稱江南，不稱「國信」而稱「詔諭」，分明是要讓南宋難堪，加以屈辱。這種行爲當然使秦檜也感到難以對滿朝文武百官做一個合理的交代。一時之間滿朝議論紛紛，群情憤慨激動，掀起了反對和議的高潮。退閒的李綱、謫貶的張浚，也以不滿的語氣，上疏反對和議。樞密院編修官胡銓的奏章，更引起了朝野的轟動，他堅決主張斬秦檜、孫近和王倫，以謝天下。整個南宋朝野因爲議和事件已鬧得滿朝風雨，軍民憤憤不平。

紹興八年年底，高宗不顧輿論的反對，宋朝和金使達成和議，宋朝以向金朝稱臣納貢的代價，換得金朝賜與原劉豫所據河南、陝西地，以及歸還徽宗梓宮和韋太后、欽宗的許諾。

紹興九年（一一三九年）正月，高宗以和議大功告成，要籠絡天下人心，宣布全國大赦，布告天下。當大赦的詔文送到岳飛所駐節的鄂州時，岳飛就命幕僚寫了一封謝表轉呈給高宗，表中強烈表達出岳飛對敵人的仇恨、對故土的眷戀，以及對和議的憤懣。

紹興九年（一一三九年）金朝內部爆發了一場政變，主和的地方統帥撻懶與中央的宗磐，被主戰的中央集權勢力宗幹、兀朮等聯合官僚集團，在熙宗的授意下，先後以謀反的罪名處死，從此兀朮掌握了金朝內部的軍政大權，他準備撕毀在年初才和宋人簽訂的和議，向南宋發動全面進攻。

兀朮先把各部兵力調度集中在祁州的元帥府（今河北安國縣）。紹興十年（一一四○年）五月，金朝兵分四路南下，很快便占領了河南各州縣，宋朝爲之震驚不已。

高宗和秦檜很早就得到了金朝將要廢棄和議的消息。紹興九年三月，宋使王倫到達汴京，與兀朮辦理交割河南地界的手續，從一個友人口中得到兀朮準備發動政變、殺撻懶等人的圖謀。王倫便立即捎信回南宋，報告金朝內部局勢的未來演變，請求宋廷速派張俊守東京開封府，韓世忠守南京應天府，岳飛守西京河南府，吳玠守長安，並由張浚重開都督府，節制諸大將，以備不虞。但是高宗和秦檜卻置之不理，命令王倫照舊出使金朝。紹興九年六月，王倫在中山府被金人扣押。形勢發展已到了劍拔弩張的地步，可是高宗仍然不肯命令岳飛等大軍進駐河南。

岳飛和他的岳家軍在鄂州已經駐紮了數年，整個部隊都渴望大舉北伐。紹興十年（一一四〇年）五月，岳飛得到了金朝撕毀和約，大舉南侵的消息，他趕緊通知其他軍區，準備迎擊。他部署了積極的反攻計畫，十萬大軍分成奇兵、正兵和守兵三個部分，分別由部將李寶、梁興、董榮等人領軍，岳飛自己親率主力部隊向京西路地區前進。在這一次大軍出征前，將士們紛紛同家眷相約，一定要在故土平定之時，舊疆光復之日，再回來團聚，大家充滿了必勝的信念、一往直前的銳氣。

兀朮所統領的金朝大軍首先在順昌一地被劉錡部隊所敗，兀朮和部將退回開封府。岳飛和岳家軍奉命援助劉錡，並接替劉錡全軍南撤後的防務。岳飛上疏高宗，表示對戰略有所異議，因爲他認爲地區過於廣闊，容易分散岳家軍的兵力。但是高宗不准他違背命令，岳飛只有把部隊集結在郾城（河南郾城）和潁昌（河南許昌）一帶，由岳飛和部將王貴分別統率之。

而在金軍這一方面，他們深怕岳家軍如果完全集結起來，將難以應付，所以金將眼看岳家軍尚未集結完畢，想要搶先發動大規模的反攻，使岳家軍無法發揮有效的戰鬥力。

紹興十年（一一四〇年）七月八日，一場無法避免的激戰即將展開。岳飛命令自己的長子，二十二歲的岳雲先帶領一些騎兵由郾城出城迎擊。當天下午，岳雲舞動兩杵鐵椎槍，揮軍直入敵陣，雙方騎兵激烈鏖戰，岳家軍依賴著以往俘獲的戰馬，裝備了相當規模的騎兵，其騎兵的質量和數量都勝過其他宋軍，因而能夠和金朝的騎兵周旋，在郾城城外，是一片遼闊的平原，沒有山險可依，所以騎兵是決勝負的主力。

不久，當戰鬥達到最激烈的時刻，岳飛親率騎兵出擊，使士氣爲之倍增。經過一回又一回的衝鋒，一陣又一陣的廝殺，雙方戰得難分難解。金將兀朮眼看自己的騎兵無法獲勝，只有出動金軍的特殊部隊，就是所謂的拐子馬。拐子馬是一種全身裝甲的騎兵，裝束得如鐵塔一般，是由兀朮特別精心訓練出來的勁旅，每三匹馬用皮索相連，進行正面衝擊。兀朮曾在順昌之戰中使用過這種戰術，當時是對付劉錡的步兵，現在是對付岳飛的騎兵。金將兀朮希望用嚴整密集的騎兵編隊，衝垮對方較散亂的騎兵。岳飛早有心理準備，立即命令步兵以一種特殊戰術上陣，他們手持麻札刀、提刀、大斧之類的利器專劈馬足，只要一匹馬撲地，另外兩匹馬也就無法奔馳。拐子馬軍亂成一團時，步兵和騎兵就傾力攻擊，殺得金兵屍橫遍野，一敗塗地，狼狽潰逃，岳家軍還奪得二百多匹戰馬，造成了史上著名的郾城大捷。

岳飛率主力部隊獲得了勝利，只一支岳家軍在潁昌也展開了大會戰。宋金雙方在此苦戰了幾十回合，依然不分勝負，王貴和岳飛等部將多次出生入死，衝鋒陷陣，毫無畏懼。經過了一番激烈戰鬥後，岳家軍獲得了增援，才把戰局扭轉過來，使金軍潰敗，殺敵五千人，俘虜了兩千多名的金軍，俘獲不計其數的戰略物資。潁昌大戰獲得了輝煌的戰果。

郾城和潁昌兩戰，是岳家軍在第四次北伐中關鍵性的一次戰役，岳家軍在孤軍奮鬥的情況下，依靠著全體將士們的強勁勇敢，堅定沈著，經過酷烈的戰鬥，擊潰敵人的優勢兵力，終於獲得大勝利。而金將兀朮歷經了數次戰役，這一次的潰敗才令他眞正領教了岳家軍的威力，所以他向人說：「要搖撼山岳容易，但要擊敗或動搖岳家軍，則十分困難。」

岳飛在郾城之役收復了潁昌、蔡州，提兵進入了他在三十四歲那年渴望占領的城市，這一片廣大的收復區，不論在政治上軍事上都非常重要。有了這次的大捷，南宋想要和議，才有希望。

經過三天的休息整頓後，岳家軍開始朝汴京城進兵。七月十八日，駐臨潁的張憲和徐慶、李山、傅選、寇成等統制，率領幾個軍的兵力，向東北方向進發。在半途中遭遇金軍六千人，張憲就命其他將領以馬軍衝鋒，很快就擊潰了敵人，追殺十五里，獲得小勝利。

另外一方，兀朮以十萬大軍，駐紮汴京城西南四十五里的朱仙鎮，企圖再次進行頑抗。岳家軍前哨的五百鐵騎抵達後，雙方一交鋒，金軍即行崩潰。女眞騎兵的士氣全靠進攻維繫，既已連遭挫敗，終於落到不堪一擊的地步。

兀朮在朱仙鎮遭到岳飛軍隊的挫敗後，就趕緊逃回汴京城，集合一些僥倖殘存的士兵，準備防禦即將來襲的岳家軍。岳飛也趕快寫了一封奏摺，向高宗報告此一天大好消息，順便請示高宗是否能夠一舉收復失土，直搗黃龍。但高宗並沒有給岳飛肯定的覆函。

紹興十年七月二十日，岳飛滿懷著信心，遙望眼前將到的故都，他內心興奮不已，正準備揮軍渡過黃河時，突然後方連續傳來十二道金牌，要岳飛班師回朝，不得有誤。

古代的通訊技術十分落後，而戰爭形勢往往瞬息萬變，故皇帝要對遠征的將帥實行遙控，一般是不太可能。但是向以防範武將爲首要的宋朝，常常規定將帥在前方作戰的陣圖都需皇帝親授，前線的每一項軍事部署都須稟命而行，期望能牢牢地掌握將帥在外的行動。與金人有勾搭嫌疑的秦檜，與自私保位的高宗，恐怕岳飛率軍在前線，不聽皇帝的命令。因此就先設計了一套計謀，秦檜先召回韓世忠、張俊兩路大軍，然後藉口岳飛孤軍深入敵區，恐有危險，下十二道金牌詔命火速要岳飛班師。

所謂「金牌」又名「金字牌」，它本身的作用並不代表詔命，而是軍郵符號之一種符牌。拿在傳達詔命的使者手中，便於別人讓道，代表郵傳的緊急傳達方式。這是由北宋時代傳下來的一種郵驛制度，這一種制度源於北宋神宗時代，當時以王安石爲相，勵精圖治，實行新政。王安石創立了不少新法制度，在郵傳方面，除了古制之外，另創設了一種「急遞鋪」的郵制。規定每十里一鋪，設鋪長一人，配鋪兵數名，大鋪十名，其制如今之軍郵局制。急遞鋪所用的牌符就是「金字牌」，日行五百餘里，這就是「金字牌」的來源。這種事關緊急軍情的金字牌，乃自御前發下，同時必然有皇帝的詔命同行。因爲金字牌是郵傳方法，詔命才是目的；岳飛一日收到十二道金牌，也就是收到十二次高宗命令他班師的詔命。

當岳飛接到十二道金牌，要他即刻班師回朝時，岳飛內心由極興奮驟轉爲悲憤，他不禁感嘆道：「十年來的努力，就要毀於今日。」他終於領悟到朝廷是不願抗金到底，只想偏安江南，維持小朝廷的局面。他的內心開始掙扎，在「抗命」和「班師」之間取捨不定，因爲他深深瞭解，此次班師回朝，朝中主和勢力不能容他，使他有機會再掌軍權，他們必然全力反擊他，使他無地可容。但是如果此時反抗，對整個抗金事業又有多大幫助，他自己也不清楚，恐怕還會背上叛君的罪名。

經過一番思慮和抉擇，他只好作出最痛心的決定，下令班師。岳飛突然下令退兵，使京西人民聞訊，大失所望，紛紛扶老攜幼，跟隨大軍起行。有的攔住岳飛的馬頭，慟哭泣訴：「我們焚香禱告上天，滿載著糧食迎接王師的回京，這是金人都知道的事情。今天將軍率軍一走，我們恐怕會遭到金人無情的殘殺啊！」岳飛立馬悲咽，好言撫慰，命左右取出皇帝的十二道金字詔命，告訴人民：「朝廷有詔命下來，吾不敢擅自違背。」軍隊撤到蔡州時，又有成百成千的人湧到衙門前，其中有百姓，有僧侶道士，也有書生，他們也派代表向岳飛表達了他們的心意，希望岳飛不要馬上撤軍，岳飛仍然以班師詔出示衆人，大家都失聲痛哭。最後，岳飛決定留駐五天，掩護當地百姓遷移襄漢。

大軍從蔡州南下，回到鄂州。岳飛在七月二十七日，率兩千騎兵取道順昌府，前往臨安，聽候朝廷的安排。這一年岳飛正值三十八歲。

六、精忠報國泣英魂

岳飛於紹興十年七月班師回京，金將兀朮只過了一個月，就毀盟南侵。此時岳飛班師回襄陽，留了守將，再移屯鄂州。韓世忠在淮陽，楊沂中在徐州，張俊在淮西。而岳飛突然遭到這種打擊，精神勇氣爲之受挫。他知道奸臣秦檜對己有所不滿和嫉妒，加以看透了政治的無常，所以就向高宗上奏力請解罷兵權。岳飛並非不識時務，戀棧權力和功名，只是高宗不願將領北伐中原，又不願放手讓岳飛成爲主戰的將領，時時防範岳飛，使之備受牽制。

金將兀朮在戰爭的最後階段，得知岳家軍已班師回朝，內心雀躍不已，頓時間又趾高氣揚起來。紹興十一年（一一四一年）正月，他以重兵突入淮西。入侵淮西的金軍共有十三萬戶的編制，實際上只有九萬多人。宋軍在淮西有三支大軍，淮西宣撫使張俊有八萬人，淮北宣撫副使楊沂中有三萬人，淮北宣撫判官劉錡有兩萬人，總兵力超過其他各大軍區，要抵禦金軍的進攻，照理是不成問題。可是高宗一遇到軍情緊急時，第一個想到的將領還是岳飛，不得已只有連發二詔到鄂州，命令岳飛出師援助淮西。

岳飛接到兩道詔令後，在紹興十一年（一一四一年）二月十一日決定出師，第三次馳援淮西。二月十八日，岳家軍尚未到達淮西戰場，淮西的宋金兩軍，已進行了一場大規模的會戰，宋軍方面由張俊負責調度，主要將領有楊沂中、劉錡等人。兩軍接戰後，金兵依舊用左右翼拐子馬奔突進擊，宋方的步兵揮長柄大斧迎戰，打敗了敵人，獲得了一次勝利。岳飛尚未接戰，戰爭就暫告一段落，張俊原本對岳飛就不懷好感，加上不願岳飛也乘勝居功，所以就下了一道命令，不希望岳飛插手此地戰事。岳飛只有暫時退兵到舒州，聽候朝廷的調度。

剛被宋軍擊退的金將兀朮，心中有所不甘願，再度集結兵力急攻濠州（今安徽鳳陽）。張俊一時之間措手不及，只有趕緊調度劉錡、楊沂中等將領前來支援。不料，金兵早在宋軍到達濠州城之前，已洗劫一空。後來張俊又命王德、楊沂中率衆前往濠州城防禦，在途中被金兵伏擊，大敗而歸。岳飛聽到宋軍被打敗的消息，十分憤怒，想要岳家軍前往濠州救援時，已來不及，金軍早已揚長而去。

宋軍在淮西戰爭的失利，由勝而敗，令朝廷十分不滿，要追究失職責任，原本是張俊要負絕大部分的責任，但他返回建康府後，卻反誣劉錡作戰不力，岳飛逗留不進。高宗和秦檜自然偏袒張俊，秦檜的黨羽更是一哄而起，對岳飛極盡毀謗中傷之能事。因此秦檜竟以岳飛貽誤戎機之罪加害之。一個月之內，高宗連續賜了岳飛十五道御札，後來秦檜搜索岳飛之家，將十五道御札滅跡，使岳飛有口無反證可辯白。

高宗和文人系統向來就害怕諸將帥久握軍權，跋扈難治。因此高宗和秦檜等人計畫收回諸將的兵權。三月二十一日及稍後，宋廷發下詔令，命岳飛率大軍回鄂州後，本人由舒州前往臨安覲見高宗。四月下旬，岳飛到達臨安後，和早到了六、七天的韓世忠、張俊等人會合，並接受宋廷在西湖的款待。不久，朝廷發布了人事命令，任命韓世忠、張俊爲新任樞密使，岳飛爲新任樞密副使，淮西、淮東、京湖三宣撫司也撤銷了，把三大將的軍權收回，調爲文職。三宣撫司的統制官以下都冠上「御前」二字，直接聽命三省、樞密院取旨調發。

接著朝廷又發布新的命令，命令王貴接替岳飛，擔任鄂州駐紮御前諸軍都統制，張憲任副都統制，負責指揮岳家軍。宋廷對他們不放心，特命秦檜黨羽林大聲擔任總領，進行監視。而一場更爲狠毒、殘酷的政治陰謀，正在加緊策畫當中。

從紹興年間南宋的內政來看，可知爲什麼高宗和秦檜等人從政治利益著手，積極想要和金人達成議和。

首先從軍事觀點來看，高宗南渡之初，兵力非常薄弱，很難抵禦金人的攻勢。紹興初年，軍隊數目不滿十萬，至紹興三年，兵力才增至二十萬。到了紹興十二年（一一四二年）宋金議和之時，南宋兵力仍為二十萬，較北宋兵力不及遠甚。加上軍政不修，缺乏大量騎兵，所以抵禦金兵南下，只有依賴長江天險及江南水道縱橫，不利金人騎兵馳騁。紹興初年能夠有效抵禦金兵的將領，只有號稱四大將的岳飛、韓世忠、劉光世和張俊，加上四川、陝西方面的吳玠、吳璘兄弟。朝廷由於時局危急，不得不給諸將領率軍的大權，同時也擔心演成尾大不掉的局面，因此造成高宗和秦檜要力圖收回諸將兵權的重要原因。

南宋在經濟、財政上也有其困難。在財政方面，南渡以後，百廢待舉，而軍費開支浩繁，政府不得不增加賦稅的名目和稅率，創月樁錢（按月樁以給軍費）。增諸路州縣雜稅、增加經總制錢（將若干雜稅合併徵收稱為經總制錢），以及添酒錢、折帛錢和糴糴相等，並加收鹽酒等雜課，使得民生為之凋敝不振。至於在財政上的困難，主要有幾方面的長期開銷：

㈠冗兵：宋採募兵制，軍隊數目大，養兵的費用也因此浩大。加以養兵兼有救濟荒年災民的作用，於是兵數日益增多。尤其在南宋初年，基於國防上的需要，大量的兵員在所難免，也增加了軍費的開銷。

㈡冗官：宋代優遇文人，以科舉取士，官員數目與時俱增，加以恩蔭氾濫，官員待遇好，退休後又有祠祿之制，官戶又免賦稅，於是政府稅收因冗官多而減少，支出的俸祿卻不斷增加，南宋官員數目比北宋反有增而無減，也形成一項沈重的負擔。

㈢郊祀和恩蔭：官吏和軍隊的經常俸祿支出已經很可觀，郊祀的賞賜費用也極浩大。宋代沿前代恩蔭舊法，郊祀時又有額外的蔭補，極為冗濫。此外還有致仕蔭補，遺表蔭補的辦法。冗官以外，宋代宗室人數漸多，政府對他們的恩遇甚隆，授予宗室子弟及宗女夫婿閒差，以致國庫支出代有增加。到了南宋，宗室蕃衍，形成政府財政上的一大負擔。

㈣歲幣及對外國的餽贈：北宋有歲幣的負擔，到了南宋，雖只保有半壁江山，仍要向金支出與北宋時代相同數目的錢幣，負擔自然較以前沈重。歲幣以外，金朝派遣使臣到南宋，需要重賞，使臣沿途費用及觀光招待，在在需要鉅款。據估計，南宋對金輸歲幣八十年，各種餽贈合計，應在銀二千萬兩，絹二千匹以上。

在用人方面，高宗面臨如此艱苦的局面，君臣尚能努力應付，於十數年間，穩定政治、經濟、財政，並且增強兵力，有效阻止金兵南下。在這十幾年中，高宗賦予宰相大權，可以兼領軍事，但是始終不能任用可完全信賴且能擔當中興大任的良相。幾經波折，最後專用一意主和的秦檜。秦檜既掌握了高宗自私的弱點，遂罷諸將兵權，力主和議。和議既定，高宗對秦檜的寵信愈隆，以致後者獨攬大權而不能制。

紹興十一年的和議便在宋廷這種情況下被推動鼓吹著。而金廷方面，由於主戰派的將領兀朮經歷了紹興十年、十一年幾次大戰的挫敗，不得不承認南宋軍勢近年來有愈加勇猛之勢，加上金軍損兵折將，所以兀朮乃產生媾和的決心。紹興十年秋天，他曾寫信給秦檜，提出殺岳飛爲議和條件之一。高宗爲了完成對金媾和的工作，只有在秦檜的慫恿下，準備和秦檜進行罪惡的計畫。罷岳飛兵權僅僅是完成了第一個步驟。

紹興十一年（一一四一年）五月，岳飛和張俊被朝廷命令前往淮東接收韓世忠的軍隊，但是岳飛對解散韓家軍的看法持反對意見，和張俊形成抗衡之勢。所以七月上旬，岳飛無法制止張俊的行爲，便憤然回到臨安城，提出辭呈，要求免去樞密副使一職，高宗不准其辭職，卻應允他留在臨安，不再出外措置軍務。

當此時，金朝再次表示了進行和談的意圖，岳飛明知皇帝的意志已堅，無法挽回，卻仍然抱著愛國的心態，上奏停止和談，犯顏直諫，使得君臣之間的關係更爲惡化，也使得秦檜加速了陷害岳飛的步伐。

秦檜唆使右諫議大夫万俟卨和御史中丞何鑄、殿中侍御史羅汝楫出面彈劾岳飛。欲加之罪，何患無辭，他們攻訐岳飛的口實，主要有三件事。第一件事是岳飛不願身居高位，而有退隱之意。第二件事是針對淮西之役，說他拒絕朝廷詔令，不肯出師援助。第三件事是說他公開主張放棄楚州。這三件事大都純屬捏造或惡意毀謗，目的不過是要置岳飛於死地。

八月九日，高宗解除岳飛樞密副使的職務，派他任萬壽觀使的閒職。秦檜等人就開始對岳家軍內部加以摧毀，同時更進一步蒐羅誣陷岳飛的罪狀，秦檜結合張俊，開始對岳飛的部將進行整肅，首先對王貴進行威脅利誘。因爲王貴曾被岳飛懲罰過，秦檜和張俊以爲王貴一定怨恨岳飛，可以引誘上鉤，但是被他一口拒絕。後來秦檜掌握了王貴的把柄，向王貴進行脅迫，不得已之下，王貴只有屈從秦檜等人。

張憲有一名部將名王俊，曾因奸貪而遭張憲制裁，因此對岳家軍的將領都懷恨在心。王貴和秦檜等人掛鉤後，就返回鄂州，張憲剛好又要前往鎮江的樞密行府參見張俊。王俊便趁這個機會向王貴投呈誣告狀，說張憲得知岳飛罷官賦閒後，陰謀裹脅大軍去襄陽，以威逼朝廷把軍權交還岳飛。王貴明知此狀純屬誣陷，卻違心地將狀紙交送上級長官，最後被送到張俊的鎮江樞密府。

由於張俊和秦檜之間早已互通聲息，想盡各種方法要來誣害岳飛及其部將，這時收到這一份狀紙，興奮不已，遂即刻逮捕正在鎮江的張憲，張俊一捉到如此大好良機，怎麼能不即刻採取行動，他立刻私設刑堂，要張憲招出口供，並親自主持審訊，但嚴刑拷問之餘，還是得不到他們想要的口供，因爲根本毫無此事，他們只是想藉著嚴刑逼使張憲招供。

張俊在一陣酷刑逼供不得之後，只好上奏朝廷，秦檜就乘機將張憲、岳雲押送到大理寺待審，並召岳飛到大理寺來一同審訊，高宗當場予以批准。

岳飛這個時候正在江州家中和兒孫享受人間至情，因他和夫人李氏又生了兩個兒子，即四子岳震、五子岳霆，總共有五子二女。加上岳雲和岳雷也都已經娶妻生子，他的家庭算是美滿的。有個好心的部將，從他處得知王俊上告張憲背叛的消息，岳飛聞之大驚，繼而恍然大悟，知道秦檜等人恐將對己不利。

果然沒多久，岳飛在江州家中接到了宋廷的命令，召他回臨安。他深知此行吉凶難以預卜，他對秦檜的奸險已有足夠的認識，然而對高宗的居心叵測卻毫無警惕的心理。總覺得自己行事光明磊落，眞假是非應能分辨清楚。

岳飛即刻上路，前往臨安覲見高宗。隨即被召到大理寺，被獄吏帶到一處地方，只見張憲、岳雲都已卸脫衣冠，戴著枷鎖，露體赤腳，渾身血漬，慘不忍睹，岳飛心如刀割，滿腔悲憤。

宋廷特設詔獄，審訊岳飛，負責審訊的是御史中丞何鑄和大理卿周三畏。岳飛努力壓抑感情，沈靜地辯白冤屈，既言之有理，又持之有故。最後，岳飛解開衣服，袒露背部，何鑄看到岳飛背上刺著「盡忠報國」四個大字。何鑄過去雖曾彈劾過岳飛，但那是意見之爭，現在卻是幹傷天害理的勾當。他只好前往告知秦檜，秦檜不滿意他的作爲，便告知：「這是皇上的旨意。」何鑄不久被秦檜調職，改由万俟卨爲御史中丞，繼續審理此案。

万俟卨是個心狠手辣的傢伙，過去曾擔任過湖北路轉運判官和提點刑獄，岳飛非常鄙棄他的爲人，他就懷恨在心。後來有機會到臨安，便投靠在秦檜的門下，專門替秦檜做一些不良的勾當，他在高宗面前說了很多岳飛的壞話。因此很得高宗和秦檜的信任，官運亨通。他被任命爲御史中丞，並不是要他清楚地調查此案。他接辦此案，唯一的目標便是想盡辦法讓岳飛自己承認罪狀，以達到陷害的目的。他會同周三畏審訊，將王俊的誣告罪擺在面前，要岳飛招供。岳飛見他們任意誣陷，無理可喻，只有任憑他們處置，雖然有百般酷刑拷打，他始終沒有受到威脅，不肯招供。

岳飛被陷害入獄的消息傳開後，朝野震驚，當時朝廷上雖不全是秦檜的同路人，但即使是忠梗之士，也大都畏懼奸佞之權勢，甚少人出面為岳飛辯誣，只有被罷免樞密使的韓世忠，在憤怒之餘，鼓起勇氣，前去質問秦檜。秦檜只臉色淡然地說：「岳飛之子岳雲和張憲的招供書雖然不怎麼清楚，但是這種事情『莫須有』什麼罪名？」韓世忠就憤憤不平地說：「『莫須有』三字，無法使天下人心服口服！」

經万俟卨與周三畏合力逼供下，他們舉出了岳飛的主要罪狀有三條。第一條是，岳飛和岳雲分別寫信給王貴和張憲，策動他們謀反。第二條是，紹興十一年淮西之役，岳飛擁兵逗留不進，坐觀勝負。第三條罪狀則是金兵在破濠州後，岳飛得知張俊、韓世忠等將領戰敗後，指責皇帝調度失當。從這三大條罪狀中，我們可以發現第一條罪狀的控訴，完全是子虛烏有，毫無證據，因此審理的万俟卨只好說成是被王貴和張憲等人湮滅證據。第二條罪狀很明顯地，是被誣告，因為岳飛在淮西之役根本沒有受命前往作戰，只得駐軍舒州，靜觀情勢變化和朝廷命令，因此這罪狀可說是強行誣陷。第三條罪狀則更是毫無道理，強行扣上罪名。總而言之，高宗和秦檜最終目的是要置岳飛於死地，好早日完成和議，自然就不顧此罪名成不成立，以及案情冤不冤了。

正當高宗和秦檜唆使黨羽去謀害岳飛的同時，他們也積極和金朝求和，頻頻和金將兀朮接觸，這兩件事便從紹興十一年（一一四一年）九月開始，雙管齊下。宋金和談的工作在十一月，也就是岳飛死前一個月，原則上都已達成協議，重要條款有：

㈠宋奉表稱臣於金。

㈡宋每年貢銀二十五萬兩，絹二十五萬匹於金。

㈢宋金間東以淮水，西以大散關爲界（今陝西寶雞市西南）。

金朝從這一條約中獲得了戰場上失去的大片土地，岳家軍當年誓死收復的唐州、鄧州、商州、虢州等地，以及吳璘收復的陝西州縣和吳玠曾堅守的和尚原要塞，統統割給金朝，此約被稱爲紹興和議。

紹興和議眼看即將達成，岳飛此一案件勢必也要加速進行，以免耽誤將來宋金和議的工作，所以在紹興十一年十二月二十九日這天，負責審理此案的万俟卨與秦檜聯合向高宗匆匆上奏，提出將岳飛處斬刑，張憲處絞刑，岳雲處徒刑，請高宗裁斷此案。高宗當即批准此案，他的批示如下：

岳飛特賜死，張憲、岳雲依軍法施行。令楊沂中監斬。仍多差兵將防護，餘併依斷。于鵬、孫革、王處仁、蔣士雄除名；內于鵬、孫革永不收敘，于鵬送萬安軍，孫革送尋州。王處仁送連州。蔣士雄送梧州，並編管……岳飛、張憲家屬，分送廣東、福建路拘管。月具存亡聞奏，編配人並岳飛家屬，並令楊沂中俞俟。張憲家屬，令王貴、汪叔詹逐一抄劄，具報尚書省。餘依大理寺所申並小貼子內事理施行。出榜曉諭，應緣上件公事干涉之人，一切不拘，亦不許人陳告，官私不得受理。

從此文一看，便知道這一冤獄分明是一樁政治陰謀，絕對不准他人上訴。當天，獄官便命令岳飛沐浴更衣，這時，天地爲之慘然，陣陣陰風吹來，岳飛被絞死在風波亭，死年三十九歲。

岳飛死後，妻子李氏及兒女皆流竄嶺南。但經過今人考證，岳飛四子岳震、五子岳霆，被可憐岳飛的忠心人士，將他們藏匿在江州對岸的黃梅縣，改姓鄂氏，以期能保全忠良後裔。

岳飛的冤獄直到宋孝宗在位時才得以伸張，孝宗下詔恢復岳飛的原任官職，以國禮改葬。

淳熙六年（一一七九年）追諡「武穆」，嘉定四年（一二一一年）寧宗追封爲鄂王。

紹興和議達成後，金人答允將徽宗梓宮、高宗生母韋氏送還，至於欽宗，則仍須扣押在北方，用作政治訛詐的資本。根據《宋史》記載，當金人一聽到南宋爲了達成和議，而處死了他們的心腹大患——岳飛時，金人個個歡天喜地，酌酒慶祝。

到了紹興二十五年（一一五五年）秦檜死後，金人又開始猖狂起來。到了紹興三十一年（一一六一年），距離岳飛死亡已有二十一年時間，金人便撕毀了宋高宗的和約，大舉南下。

高宗至此才想起了不顧生死，犧牲一切的忠心良將——岳飛。高宗可能有些後悔，同時爲了自己的帝位，要與金人抗戰，只有利用人心，所以始將主戰的岳飛後人不再加以禁錮。同時採納了太學生程宏的建議，下詔岳飛的家產可以自便，流放嶺南的家屬可以回到江州定居。

紹興三十二年（一一六二年），高宗宣布退位，孝宗受禪繼位，並下詔追復岳飛原官，訪求岳飛的屍首，以禮改葬。岳飛的屍首傳說是由一個名叫隗順的獄吏偷偷埋葬，到了朝廷訪求岳飛的死屍時，才向朝廷獻屍，得到朝廷的賞賜。

淳熙五年（一一七八年），太常少卿顏度向孝宗奏請定謚，起初謚「忠愍」，後來孝宗覺得此封號不妥，才在隔年另封「武穆」謚號。

寧宗時韓侂胄爲相，定議伐金，要激勵將士奮勇殺敵報國，欲利用忠良來激勵士氣，又追封岳飛爲「鄂王」。到了宋理宗寶慶元年（一二二五年），詔故太師武勝定國軍節度使鄂王岳飛，特旨改謚「忠武」，景定二年又改謚「忠文」。

不過岳飛被秦檜莫須有罪名構陷，造成千古莫大冤獄，其子岳霖畢生以未能昭父冤而引爲遺憾，在臨終之前特別囑咐其子岳珂繼承遺志，務必洗刷祖父岳飛不白之冤。直到岳珂在南宋度宗嘉定年間（大約是一二〇八年至一二二四年之間）出任嘉興知府時，在嘉興作成《籲天辯誣》五卷，針對秦檜誣陷岳飛，而由刑部大理寺定以死刑之判決各款，根據高宗所賜給屢立戰功的岳飛御札手詔，辨驗明析，凡奉詔出師與應援之先後時日都可考證得知。

這一部《籲天辯誣》大致可區分爲建儲辨、淮西辨、山陽辨、張憲辨、承楚辨五章，然後向朝廷呈上，得到了允許並交付史館，作爲國史資料。

岳飛冤死了七十年後，原爲岳飛定罪之〈刑部大理寺案款〉全文二千一百零九字，變成廢文一張，岳飛沈冤多年的罪名，在這個時候才獲得洗刷的機會。

總之，岳飛多年罪名被昭雪，是基於岳珂《籲天辯誣》這本書，使得後代治史者如元朝脫脫在撰修《宋史》時，能夠有所引據。假設沒有岳珂這一部《籲天辯誣》的撰述，則「莫須有」三字的冤獄恐將永遠沒有辦法在歷史上獲得辨正的機會，因爲秦檜險惡，自以爲位居宰執要職，監修國史，對《高宗日曆》中有關不利於他的記述，大膽地擅加竄改，使岳飛的冤情更難以大白，到了岳珂作《籲天辯誣》一書後，才把秦檜不軌之居心，昭然天下，洗刷了岳飛的冤情。

岳珂在作成《籲天辯誣》後，連同記述岳飛分年分月行止實況的《鄂王行實編年》一併附上，呈獻給朝廷，以作爲《籲天辯誣》的附件，然後經過了他的整理，彙集成《高宗皇帝宸翰》和《岳王家集》等，亦即高宗與岳飛往返公文書札凡可考見之原文，於寧宗嘉定年間合編爲《金佗粹編》，全編共計二十八卷。

岳珂而後又在理宗紹定元年（一二二八年），復編了《金佗續編》，共計三十卷，以弘揚他祖父岳飛的精忠報國精神。

岳飛的冤情經過後世子孫戮力奔走下，得以洗清。到了元代，社會普遍存有反抗異族的心理，對岳飛的事蹟遂大加褒揚，甚至建廟祭祀，蔚爲風氣，朝廷也在至元九年（一二七二年），詔岳飛爲「武穆」加賜「保義」，其餘的封賜都如宋謚。

到了明朝，特別崇敬岳飛，在明太祖洪武九年（一三七六年），曾下詔告示全國，以武穆岳飛從祀歷代帝王廟，配宋太祖享。並明定祭岳禮儀，每年例派重臣蒞臨湯陰致祭。

明神宗萬曆四十三年（一六一五年），又加封岳飛爲「三鬼伏魔大帝保劫昌運岳武王」，把岳飛神格化，朝野上下，極盡崇拜尊重之能事，並且特別鼓勵青年學生以及文武官僚以之爲立身行事的楷模。

到了清代，自清世祖至宣統皇帝溥儀，共歷九世十帝，凡二百六十八年，以近三百年的影響，使民間重關輕岳，唯在清室十位皇帝中，獨乾隆皇帝特別敬重岳飛的忠心，他在位六十年，爲清帝中僅次於聖祖康熙皇帝（在位六十一年）之在位時間次久者，他極注意文教，曾敕撰《四庫全書》、《一統志》等，又重視武功，曾征服緬甸、安南，因爲連年用兵，所以對岳飛的文武兼資、天賦忠孝，特別崇敬。他個人曾親自謁見湯陰岳氏宗祠，派遣重臣致祭岳廟，乾隆皇帝並在乾隆四年作了一篇〈岳武穆論〉，在乾隆十五年派遣大臣彭啓豐前往岳廟致祭，親撰祭文，盛讚岳飛的武功和愛國精神，充分表達出對一代名將岳飛的敬仰。

上述都是在岳飛死後，歷代對岳飛所追加的封賜，而且顯然有神化的意味，使岳飛超越了一般的名將，成爲富有神格的人物。

在結束本文前，引詩人葉德輝所撰寫的一首七言絕句來憑弔岳飛，其詩如左：

精忠報國泣英魂，
天日昭昭獄太冤。
今日箕山腸斷處，
秋風猶自望中原。

這一首詩道盡了岳飛畢生的壯志和忠義不屈，臨死猶懷匡復中原的壯志。反觀秦檜等人費盡心機，耍盡手段，妄圖竄改歷史，而岳飛盡忠報國的精神是不可磨滅的。八百多年來，西子湖畔古柏參天的岳飛墓園，受到一代又一代中華民族子孫的憑弔和景仰。而高宗、秦檜、万俟卨、張俊之流則遺臭萬世，永遭後世的唾罵。

【下 篇】

是非爭議

一、岳飛的性情修養

明・陳邦瞻《宋史紀事本末》

「岳飛生性非常孝順，母親死後，他曾三天三夜滴水不沾，粒米不進，顯露其喪母的哀痛。另外，岳飛在家中並沒有納妾來服侍自己。甚至有一次，大將吳玠因為佩服岳飛的驍勇善戰，命令部下挑選了幾位美女，想要贈送給岳飛當妾，但遭到岳飛悍然拒絕，可見岳飛時時以國事為重，並不以享樂為先。尤其難得的是岳飛能夠痛下決心，為免酒後耽誤軍機而戒除了少年時酗酒的壞習慣，且婉拒了高宗要蓋一幢華麗宅邸給他的好意，在在顯現岳飛生活儉樸平淡，不因功高位顯，而逐聲色犬馬之樂，置天下黎庶於不顧。」陳氏之言對岳飛可謂備極推崇。

明・柯維騏《宋史新編》

柯氏以為，岳飛的才華和情操足可和諸葛孔明相譬，尤其他作戰時的勇武，與平日的溫文儒雅、彥通儒業，這兩種截然不同的面貌令人激賞。

民國・彭國棟《岳飛評傳》

彭氏認爲，岳飛在性情修養上的優點有以下幾項：

1. 謙虛：他認爲當時諸將多貪功，常常驕矜自重，獨有岳飛常常以無功自居，謙沖爲懷，每次接受新的任命時，都是力求懇辭。這一點看法和南宋朱熹的看法剛好有所出入。

2. 識鑑：他認爲岳飛在觀察一個人的言行舉止時，首要注重此人的德行，並常稱引司馬光的名言：「德行勝過才能方可稱爲君子，反之，則是小人。」可見岳飛十分注重一個人的品德和行爲端正與否。

3. 篤於公誼：岳飛公忠體國，不管哪裡有危險，他不分地方，不計較利害，都會全力以赴幫助他人，堪稱軍人的模範。

4. 仁民愛物：岳飛個性忠厚踏實，十分注意民衆的疾苦，尤其在戰爭混亂之時，看到老百姓顚沛流離，居無定所，他憂慮百姓的痛苦，就像自己受到痛苦一般。

以上諸家對岳飛耿直不屈的個性都有極高的評價。

南宋・朱熹

南宋集理學大成的人物朱熹，在肯定岳飛忠勇的同時，卻認爲岳飛也有一些性格上的缺陷。其一便是驕橫，和當時其他的將領沒有多大差別。因此才招致高宗不滿，聯合秦檜將他誅殺。其二則是岳飛年輕氣盛，恃才不自晦，過分鋒芒畢露，不懂明哲保身的方法，容易招致小人的嫉妒，才會在三十九歲的壯齡就被奸人構陷，這是他個性上的缺憾。

二、岳飛的軍事作為

根據近人李漢魂所著《岳武穆年譜》一書，以繫年的方式確實記載了岳飛的作戰經歷，經過逐年的統計，總計得安內（討叛平寇）有三十七次戰役，攘外（直接對抗金兵）有三十九次戰役，合計為七十六次戰役。以岳飛三十九年的生命，十九年的戎馬生涯，這個數字是十分驚人的。尤其岳飛在軍事活動的成就，更是令人佩服。本章次就以歷代對岳飛軍事作為的評價做一番整理，以瞭解其軍事成就如何為他帶來輝煌與不幸。

宋・何俌《中興龜鑑》

何俌評論道：「岳飛早年率兵克復襄陽，坐鎮湘湖一帶平定水寇，燒毀了盜賊堆置在蔡州的軍械，奪走了盜寇屯積在虢州的糧食，然後率領三軍，從部將李寶曹州一戰，到張憲臨潁之戰，大概有五十次戰役，連戰皆捷，使敵人聞岳家軍而喪膽。」

最後，何俌感嘆道：「如果在那個時代有像岳飛這般的將領數十個布置在邊境地區，即可成一座堅固的屏障。只可惜，奸臣秦檜不加重用，更不加珍惜。」

宋．呂中《皇朝大事記》

「自岳飛總髮從軍以來，所經歷的戰役不下數百次，內平劇盜，外抗強敵。岳飛用兵，擅長以寡勝眾，在杜充麾下，曾以八百人破盜賊五十萬眾於南薰門外，破曹成部伍，也以八千人擊潰其十萬眾在桂嶺一地。戰金將兀朮，潁昌一地用精兵八百，在朱仙鎮一地用精兵五百，都大破其十餘萬部隊，使敵人為之畏服，對岳飛不敢用名字相稱，直接稱為岳爺爺。」呂中對岳飛的戰績亦讚不絕口。

民國．王曾瑜《岳飛新傳》

王氏對岳飛在整個歷史的軍事地位，有詳盡的評述，他認為單就岳飛的軍事成就而論，大於韓世忠、劉錡、吳玠諸將，因為在南宋初年的將帥中，吳玠和劉錡是屬於防守型的將帥，而岳飛是屬於進攻型的將帥。只有岳飛組織了第一次、第二次和第四次北伐那樣大規模的進攻戰役。當時具備直搗黃龍光復故土之決心和能力的統帥，也只有岳飛一人。並且岳飛重視人民的抗金力量，提出連結河朔的戰略思想，策動、聯絡和支援兩河抗金義軍，與岳家軍的軍事行動互相呼應，或配合作戰，夾攻敵人，這也是難能可貴的。

至於其他的軍事成就，則是突破宋軍傳統的防禦作戰方法，改變成爲主動出擊。因爲宋軍向以步兵爲主，機動性本來就差，長期以來，怯弱的宋軍習慣於分兵防守，不敢集中兵力，尤其是不敢讓一名武將統一指揮幾支大軍，結果往往消極防禦和被動挨打。反之，金軍在戰略上一直居於優勢，他們敢於集中兵力和統一指揮，依靠騎兵進行大規模的機動進攻，使得宋軍常常吃虧。岳飛比吳玠、劉錡等人高明之處，在於他對宋軍傳統戰略有所認識，有所批評，也有所突破。他常向朝廷力爭自己對諸軍的統一指揮權，提出乘虛長驅直入，奪取東、西兩京的計畫。他突破朝廷的限制，組織了幾次進攻的戰役。在某種意義上說，岳飛的軍事成就，同他對宋朝傳統戰略的批評和否定是分不開的。

王曾瑜的這番評價，使得岳飛從舊式的神化人格蛻出，重新被塑造成現代軍事戰略概念下的新形象，顯得更具魅力和生動。

三、岳飛的忠君思想

從古人的儒家觀念來透視岳飛的忠心，他似乎是一個忠君的臣子，但是從現代人實際的眼光，衡量岳飛的忠心，恐怕會被譏爲愚忠，到底岳飛的忠君思想引起了多大的爭議，讓我們來看看古人和現代人眼中的岳飛，究竟是忠心？還是愚昧？在此試著從兩個方向來整理這些評論，一從傳統忠君的角度，另一則是從現實的利益觀點和實際環境來衡量。

(一)傳統觀點

宋・何俌

「岳飛在混亂之際，效命沙場。對國事懷著憂慮的心情，所以一有機會報效國家，無不戮力以赴，慷慨出師征討。無論隆冬盛夏都絕無怨言，隨時抱著以身殉國，以維繫國祚的精神，竭盡所能，爲宋高宗效命，身先士卒，奮不顧身，只知道有國家的存在，而把個人生死置之度外，天下有幾個像岳飛這般忠心的臣子？」只可惜，欲加之罪，何患無辭，「莫須有」三字，就讓一代忠臣含冤而去，何氏為岳飛抱屈不已。

宋・孝宗

宋孝宗初繼位時，想要銳意改革政治，首先便從為忠良之士平反做起，所以大力推崇褒揚岳飛。

宋孝宗淳熙五年（一一七八年）九月八日賜諡「武穆」，並頒詔書，其書中提到：「岳飛早年投效行伍，歷經多次戰役，最後位至將相。對待皇帝始終忠心不二，對軍隊首重紀律，才能屢次立下功勞，加上不驕傲不自大，他的忠行義風，至今仍然沒有被人忘記，流傳在社會各角落。」在當時的政治環境下，岳飛的忠君思想被加以肯定。甚至孝宗在詔書中也提到「岳飛被賜死一事，太上皇帝（指退位後的高宗）仍然念念不忘」。岳飛的忠君行為在政權掌握者的眼中，已是不容置疑。

清・乾隆

乾隆皇帝稱讚岳飛是一個忠臣，在他的思想裡只有皇帝，而沒有個人的成分，只知道盡力保護皇帝的安危，而不知珍惜個人的生命。他心裡非常清楚，如果接受詔令班師回朝，必將遭受秦檜的陷害。但是他一生忠義不二，一接到朝廷班師的詔令，就不敢久握軍權在封疆之外。

岳飛這般忠心的臣子，大概是專制政權掌握者最渴求的，所以乾隆這番讚論，似乎是想樹立一個忠君道德的楷模，才特意褒揚。

(二)現實考量

明・王廷相

王廷相認爲：岳飛順從皇命，班師回朝，喪失了大好時機，並不能算是一種愚忠。事實上，如果岳飛抗命，極可能因此而喪失了士兵對他的支持，而引起軍事調度上的危機，使敵人有機可乘，伺機南侵。

王廷相的評論，摒棄了忠君的觀念，從其他角度來闡發岳飛之所以班師回朝的原因，不單是忠君的思想，還有其他複雜的因素，迫使岳飛撤軍。

明・王世貞

或許有人以爲高宗在朱仙鎮大捷之後，即以十二道金牌召回岳飛，十分可恨。況且將在外君命有所不受，岳飛大可不必奉詔班師，如果當時能繼續進兵，定可匡復中原。

王世貞對此種想法大不以爲然，他認爲凡是想不聽詔命，逕自進兵的將領，必須在朝廷擁有自己的勢力，方能控制朝局，不使後方產生對自己不利的情況。然而岳飛並沒有足可依恃的勢力，如果他堅持進兵金人，秦檜只要一紙命令即可削除岳飛軍權。屆時岳飛進退維谷，該反叛？抑或投降？況且強敵在側，朝廷壓力續至，若處理不當，不但個人堪慮，甚且將危及國家安全。

彼時，韓世忠、張俊、劉錡、王德等將領均已奉詔回師，女真部隊仍駐紮在燕雲以北之地；剽悍善戰、狡猾多計的金將兀朮仍在虎視眈眈，岳飛雖然軍容強盛，又有兩河義軍響應，但若想深入前線，也必須韓張劉王諸將領從各地增援，否則孤軍深入，勝負難料。

王世貞將岳飛所處的環境，分析得極為透徹，可知岳飛並非只是愚忠，他肯奉詔回師，完全是情勢使然，客觀環境的不利，促使他不得不接受班師回朝的詔令。

民國・王曾瑜

王曾瑜從岳飛和高宗之間的關係來評述岳飛的忠君思想和愛國主義。

他認為在中國專制時代，國家和君主是混而為一的，岳飛的忠君思想並不如後人渲染得那般誇張。岳飛仍然是一位有脾氣、有個性的將領，從紹興七年憤慨辭職，紹興十年違詔出師二例，說明他對宋高宗並不是絕對服從，毫無怨言。如果從高宗的手詔和岳飛的奏議著眼，君愛臣，臣忠君，兩個人似乎並無太大的矛盾衝突。其實在封建時代，君臣關係只要沒有完全破裂，一些表面應酬的官樣文章，就在所難免。高宗和岳飛的關係如果由表及裡進行探究，就不難發現，紹興七年是他們君臣關係發生變化的一年。自紹興元年到紹興七年初，高宗要擢用良將抵抗金軍，鎮壓各地的叛亂分子，岳飛升遷最快，後來居上，一時之間成為高宗最器重的武將，甚至準備授以全國大部分兵力的指揮權。岳飛感激皇帝的破格提拔，渴望抗金成功，以為報答。但是自高宗取消兼統淮西軍的成命，岳飛憤而辭職以後，圍繞著建立皇儲、要求增兵、堅持抗金、反對和談等一系列問題，君臣之間的裂痕就愈來愈深。高宗最後賜死岳飛，實是冰凍三尺，非一日之寒。

岳飛的悲劇在於既要愛國，又得忠君，事實上兩者不可兼得，他在被害前幾年對皇帝愈來愈不滿，卻仍不能擺脫傳統忠君道德的束縛，最後慘死在主和派的屠刀之下。

四、岳飛的政治功過

歷代人士對岳飛的個人修養、軍事作為和忠君思想大都予以肯定和褒揚。但是若把岳飛從道德觀念和軍事成就的範疇，抽離到實際的政治舞台，就會發現，岳飛在政治上的作為似乎不及他在軍事上的成就，甚至引起了相當多的爭議。有人說他不諳政治手腕，又有人論他專擅攬權，擁兵自重，無異軍閥，在層層議論不休的煙霧中，如何認清岳飛在政治上的功過呢？在此筆者試著從岳飛的政治能力是否傑出為兩個方向，來蒐羅後人對岳飛的評價，以使讀者有一番概略的體認。

(一)政治上的能臣？

宋・章穎經《進岳侯傳》

「古人所謂的豪傑俠士，行事光明磊落，心志耿直忠孝，絕非一般善於玩弄手段，行事狡詐多變的奸雄可堪比擬。秦漢之際，韓信率領軍隊作戰，堪稱天下無敵。

蒯通向他建議擁兵自立，但遭到韓信嚴峻的拒絕，因為他不願忘恩負義於劉邦。可是當漢帝國建立後，由於權力爭奪，使得君臣關係出現了裂痕。而岳飛承蒙高宗破格提拔，深得厚愛，他也十分注重君臣的倫理關係，在進退之際，深知箇中道理。因此當金人倡議和談時，岳飛自然以高宗的命令為重，不敢輕舉妄動。況且以岳飛的能力和才華，就是不以重兵和軍事力量為後盾，也同樣可以在政治上發揮所長，使國家富足安康，有利於宋金雙方的和議。而且金人內部已有明顯的分裂，勢力也日漸衰微，初期的大將撻懶、粘罕相繼病故，只剩兀朮尚可擔當大任，其他金將皆不足以對宋廷構成威脅，這正是南宋收復失土的大好時機。不料，秦檜因為嫉妒岳飛的才智，遂聯結金人，想要剷除岳飛，以攫取自己在政治上的利益。最後使得宋廷的大好機會，因為秦檜的個人私利，功虧一簣，也使岳飛含冤死在獄中。」

章穎經對岳飛能力似乎十分肯定，對他在政治上的發展也抱著樂觀的看法。只可惜，岳飛尚未發揮所長，就被奸人構陷而死，令章穎經替他叫屈不平。

明・謝鐸《桃溪淨稿》

謝鐸認為古今中外每逢世衰道微之際，未必沒有智勇才略之士能為國家賣命效勞，但往往他們貢獻了個人的才華和能力，卻常遭到奸臣嫉妒，而在位的皇帝也不重用這些能臣，導致他們被陷害，因而無法成就功業。謝氏謂像岳飛這樣一個忠孝雙全的人才，竟遭秦檜誣陷，不但失去報效國家的機會，也因此破壞了宋廷的前途，以致終淪於異族統治。這種不公平的處境，才最令人痛心惋惜。

明・王夫之《宋論》

王氏以其獨特的見解闡釋，岳飛的死所以令後世扼腕而議論不絕的理由有三：

第一方面是他軍令如山，不准軍士掠奪民間，經常慰問百姓，並收編流民，照顧其生活，因而能得到民心的稱譽。

第二方面，他為人謙虛有禮，生活嚴謹，經常和文人以詩詞相應和，故能得一般讀書人的稱讚和擁戴。

第三方面則是在朝廷議論國事，完全以公衆利益為先，不計較個人得失，不與狡詐奸臣相交，行事坦蕩，因此極得朝廷百官敬仰。

王夫之認為像岳飛這樣得人望的將領，擁有統率大軍的權力，立下不少汗馬功勞，對社稷安危及存亡具有決定性的影響，要他不過問軍事上的事情，完全投入政治上人際關係的交往，並非易事。而在政治上不能拉攏各方人士結黨營私，就無法掌握大權，沒有重要的權力，就不能施展抱負，更遑論救國家存社稷。因此岳飛在政治上的發展自然不能像秦檜一般，獨攬重權，為所欲為。就因岳飛生性耿直，而且與文士們交往，和張九成等結為知交，形成一股諫政的清流，他們倡言和議的不是，和那些主張和議的小人形成抗衡的局勢。不料，政治的失勢迫使他們無法一展長才，使得正值壯年的岳飛，最後身陷囹圄，含冤而死。

上述諸家，大都為岳飛在政治上的發展感到惋惜，認為他的才能足以對國家有所貢獻，可惜際遇不佳，無法一展才華，便受辱而亡，真是宋廷的一大損失。

(二)政治上的過失

元・脫脫《宋史・岳飛列傳》

脫脫在評贊岳飛時，認為他的個性不適於詭譎的政途。他素喜和文士交往，所以對朝政不滿處，常像一般文人那樣激烈的批評，攻訐投機的政策，且岳飛不輕易妥協，故此遭到秦檜等人陷害。這種不輕易向強權低頭的個性，實不易在政治上有所發展和成就。

明・王洙《宋史質》

「岳飛中興宋室，在朗朗天地之間，怎麼可能平白無故地被誣陷呢？在北宋靖康年間，宋朝內部群盜蜂起，外則有劉豫挾金人之力，伺機蠢動。如果在這種危急存亡的時刻，沒有岳飛獨撐全局，則南宋偏安的局面能夠維持多久呢？所以從高宗以後，到德祐以前這一段時期，趙宋的基業無不仰仗岳飛的力量。而岳飛最後死在奸人的手中，遂使中興大業功敗垂成。

「今日再詳細觀察這一段歷史，可發現岳飛的勳名威望彷彿唐代的郭子儀，但是身處的環境和結果，岳飛則大不如郭子儀。

「唐代宗對待郭子儀十分禮遇，向郭子儀下達詔令時，不敢有絲毫怠慢勉強的意思，故有人稱郭子儀是功高天下，連皇帝都不敢懷疑他的忠心。

「位極所有官員的最高職務，而不受到排擠，正因爲他能夠小心處理這些人際關係，才能獲得如此殊榮。而岳飛手腕則無法和郭子儀相比，才導致被迫奉詔回師。」

王洙對岳飛的這一番批評確是極爲平允。

因爲當時高宗對大將頗多疑慮，天天擔心他們專權自立，無法駕馭，這正是一些平庸之主共有的猜疑，也充分顯露高宗的病態心理，而岳飛似乎不應該不瞭解高宗的心理狀況，他何苦還要投其所忌。

岳飛年輕氣盛而有蓋世之功，不僅使同僚如張俊之流嫉妒他，連高宗也猜疑他。這正是他不善處功之過，讓別人感到他的驕氣，這一點他遠不如郭子儀。

民國・王曾瑜《岳飛新傳》

王曾瑜認爲岳飛不能堅持自己的立場，和秦檜等人的鬥爭軟弱，在重要的關鍵上，向主和派屈服，不能施展強硬的手段，才會在政治上居下風，致使抗金戰爭功敗垂成，他的弱點被主和派人士察覺，而迫使他喪失在政治、軍事上的發言權。

王氏的評價似乎對傳統忠君思想十分濃厚的岳飛，有另一種角度的詮釋。

五、岳飛軍閥本質的爭議

南宋以來，不少史家曾視南宋諸將爲軍閥，其中以《玉照新志》、《文獻通考》及趙翼的說法爲著。

及至民國，以南宋諸將是軍閥的論點更甚囂塵上，連岳飛也被指責成專橫擅權的軍閥，許多史家紛紛援引前述三家之說，舉民國軍閥和南宋諸將相比附。而此三家究竟如何評價岳飛等人呢？

南宋・王明清《玉照新志》

《玉照新志》中提到，南宋之所以能夠站得住，沒有亡國，不能說秦檜毫無寸功，且秦檜對岳飛遺族亦未趕盡殺絕。雖然此書並未否認岳飛冤死，但也指出秦檜並不全錯，亦即間接暗示岳飛並不完全對。

王明清的這種看法，雖然沒有明指岳飛擅權專橫，但這種論調對於後代的史論，不免發生了一些影響。

元・馬端臨《文獻通考》

《文獻通考》一書根據南宋汪藻和胡寅的奏疏，以及降金宋將酈瓊之語，摭拾群言，籠統評論，以為南宋中興諸將驕橫，以致不能戰勝金人。

汪藻曾說：「陛下不能匡復中原，皆因為諸將作戰不力，如杜充守建康，劉光世守九江，韓世忠守京口，而王瓊隸屬杜充。但當杜充在建康力戰金人時，王瓊卻不發揮作戰能力，劉光世也不肯派兵解圍，只終日耽溺宴飲，以致金兵距離建康數十里處仍不知情，使得建康城淪入敵人之手，這些都是諸將作戰不力的結果，當處以重刑。」

胡寅也提到軍隊每到一地，便極力搜括，使原本富庶之區，瞬間一無所有。軍隊所需之衣物糧食、武器裝備、軍餉費用都向民間掠得，全國百姓民不聊生，但卻滿足了諸將的慾望，造成他們的專權。

降將酈瓊對南宋將領更是不滿，認為他們戰鬥的意志力和戰術都不如金人，諸將領才能甚至不及金軍的中級將領。

以上說法造成外界錯以為宋將軟弱，大都是只知擅權、不知作戰的軍閥，誠如民國的軍閥一般。馬端臨綜此三說外，更特別指出南宋軍人最大的罪狀，便是把持財政，破壞國家的財政統一。而南宋將領之所以能夠自擅財賦，乃因宰相范宗尹所建議的「鎮撫使」制度，此制度明白地將地方權力交與軍人，使他們能夠削平群盜和抵抗金人入侵。這種制度被馬端臨視為唐末藩鎮的翻版，而斥諸將為軍閥。

清・趙翼

清代史家趙翼直接提出了南宋諸將是軍閥的論調，他的這種說法乃就《文獻通考》一書加以發揮，遂使軍閥之說更加流行。

民國以後的學者因痛恨軍閥割據，轉而對南宋諸將極力醜詆，指為軍閥，岳飛即在此情況下，被人誤認為軍閥。不過近人評論南宋諸將所徵引《文獻通考》諸書，實並非一般通論，且在當時都是別有所指，而非以偏概全。

南宋諸將中最先被指為軍閥的是張浚，張浚負責督辦川、陝軍務時，雖措置有不當之處，但他為人極忠誠，才略計畫極遠大，主張抗金也最積極，可惜，被多人攻擊，蒙受不白之冤。

其次是劉光世，劉光世的的確確是軍閥，他專橫驕恣，專事搜括剝削，當時許多人對他不滿，上奏攻擊他，可是都被高宗駁回。最後還是張浚的極力主張，才得改編他的軍隊，但卻也導致酈瓊之叛變，而劉光世最後仍得功成身卒。另外張俊、韓世忠等人也都遭人攻擊。

至於岳飛，雖然年少氣盛，難免流露幾許驕氣，但行事尚有標準，一切以公務爲重。所以他被認爲是軍閥，似受池魚之殃。在南宋諸將中，岳飛未必最有功績，但軍隊卻最有紀律，而且最服從命令，無論從哪方面看，岳飛實在最無軍閥嫌疑。而民國諸人指岳飛爲軍閥之說，恐怕只是學者們因厭惡民初軍閥所導致的結果罷了。

六、對岳飛莫須有罪名的質疑

「莫須有」三字，爲秦檜陷害岳飛之詞窮藉口。細加推敲，「莫須有」三字，究竟是說岳飛有罪或無罪呢？現今一般人以故入人罪者用之，其意旨以爲是無罪，或者是誣控之意。岳飛案爲南宋一件巨案，秦檜奸狡黠詐聞於當時，豈其自陷錯誤如此，而承認自己欲治岳飛之罪全無道理根據？本文在此由高宗、秦檜、張浚三方面來分析略述歷代人士對此一罪名的質疑。

(一)高宗

秦檜矯詔殺掉岳飛，高宗是否知曉？抑或根本是高宗授意秦檜殺岳飛呢？各朝人士均有不同看法。

明・丘濬

丘濬在《岳武穆論》中明白指出岳飛之所以冤死，絕非秦檜個人僞造詔令，一定是暗中奉了高宗的旨意，秦檜才敢下令賜死岳飛。

在這篇議論當中，他說：「高宗以一國之君，為了掩蓋濫殺忠良的罪名，所以就唆使秦檜矯詔以殺岳飛。因為中國傳統中，為人君者，不能無故殺戮臣下，故而只有將他召回，定下罪名，賜死在獄中。如果說高宗不知此事，恐怕難令人置信。而且岳飛被害後，高宗可將秦檜繩之以法，他何以姑息養奸？高宗實無法逃脫殺戮功臣的罪名。況《宋史．何鑄傳》中，明白記載著主審官何鑄瞭解岳飛的冤情，秦檜也自己承認是受了高宗的指示，才矯詔殺岳飛。」

因此高宗很顯然是這一樁政治陰謀的主謀者。

明．唐順之

岳飛說過：「君臣大倫，根於天性。」足以證明他忠君之心十分執著。可惜高宗狠心誅殺忠臣，毫無人君的胸襟。故明人唐順之評論此事，稱道：「高宗忘記父兄被擄的奇恥大辱，為了保全皇位，不惜向敵人稱臣。他早已忘卻靖康之禍的浩劫。他擁有一位事君如父的忠臣岳飛，卻竟然狠心地將其誅殺！因一己之私，昧於良知，誅戮忠臣，致中原故土無法收復，徽、欽二帝無法迎回漢地。」

唐順之痛恨高宗的薄情寡義，也替盡忠報國的岳飛感到哀痛和悲傷。

明．胡世寧

「岳飛的冤情，史籍記載是秦檜造成，高宗對此事全然不知。然而高宗眞的是一點也不知情嗎？從高宗往日對岳飛之倚重——曾數度召至宮內，賜以金盤、精忠岳飛的書法等；也曾當面把中興宋室的重責大任委託給岳飛，親筆寫了數十封信函嘉勉之——觀察之，當時忠勳才傑之士能像岳飛一般受到如此寵信者，並不多見。然高宗早想偏安江南，向金人稱臣，不願徽欽二帝返回漢地。故建炎年間即位時，便南下避難，寧願看著在河北抗金的親弟弟信王榛孤軍奮鬥，也不願加以援助。更何況是岳飛屢屢想收復中原故土，奉迎欽宗南還，自是令高宗難以接受。因此當秦檜向他奏上『南自南，北歸北』的和議主張時，他便欣然接納，讓秦檜處理朝廷內外大事，擁有專擅的大權。

「宋朝自開國以來，便利用文臣壓抑武將，爲宗法和社稷著想，高宗、秦檜君臣怎能令岳飛奉淵聖而歸？即使岳飛能夠擊退金人，將來宋朝的帝位，高宗肯拱手讓人嗎？況且金人肯議和及歸還高宗的母后，兩方不再兵戎相見，高宗既可稱帝江南，也不失掉宋朝的國祚，所以和平共存的狀況是高宗所樂意見到的。因此當金人向他提出要和談必先殺岳飛的殘酷條件時，高宗和秦檜一經商量，便決定犧牲岳飛，於是高宗命秦檜狠下殺手。

「直到秦檜死後，高宗才承認議和之事完全出於自己的主張，秦檜只是執行者而已。所以有人認爲高宗不知情，完全是秦檜一人所爲，這豈是事情的眞相？」

胡世寧不從岳飛的忠孝、智勇來評論，而從批評高宗、秦檜的自私自利，來凸顯岳飛的地位，也表達他對岳飛冤獄事件的看法。

民國・金毓黼

金毓黼在他所著的《宋遼金史》中，從宋代傳統政策的角度來評論岳飛被殺之事。他認爲宋代基本上要嚴防武臣跋扈，所以利用文臣抵制武將，這種士大夫政治，便成爲宋代的國策。而士大夫政治的權力分配，仍然由中央掌握，換言之，只有皇帝才是國家大計的眞正決定者。故秦檜殺岳飛一事，必定是經過高宗同意，才得以實施。加上高宗向來最怕武將擁兵自重，所以經過岳飛部下的告密，覺得岳飛果然跋扈擅權，因此便決定殺一儆百，永絕後患，這才是造成岳飛被殺的眞正原因。況且這時的岳飛已到臨安就任副樞密使，內心不滿高宗的安排，又十分積極反對和議，使高宗更加不悅，加上秦檜在旁煽動，才造成岳飛被誅的悲劇。

民國・周燕謀

周燕謀認爲宋高宗和秦檜兩人一致主張和談之因，都是各懷私心。宋高宗想保住偏安皇帝之位，秦檜則是受金人驅使。他計畫使高宗先臣服於金，做兒皇帝，如高宗對金人稍有不恭，他便可伺機竊取偏安政權的帝位，成爲金人的傀儡政權。

周氏以爲宋高宗重用秦檜，原本是要利用他來壓制軍事將領，所以他們兩人合作，以便收拾主戰派的猖狂。當時主戰最力的只有岳飛，而金兵最怕的也是岳家軍。岳飛開口迎二聖，閉口還二聖，一則說「直搗黃龍」，再則說「還我河山」，對宋金和議造成莫大阻礙。所以高宗和秦檜只有設計謀害岳飛，以達成他們的私慾。因此十二道金牌召岳飛班師是高宗所下，殺岳飛父子及張憲等，也是高宗命秦檜執行。耿耿精忠的岳飛和其部將，就在宋高宗和秦檜私慾的陰謀下作了犧牲品。

而岳飛的罪名「莫須有」，很顯然是秦檜在情急之下，強詞奪理的反射動作，爲了私慾殺一忠臣，根本不需要任何理由。

㈡秦檜

宋・呂中

宋代理學家呂中認爲，岳飛「莫須有」的欲加之罪，完全是秦檜一人所設計策畫，他想陷害岳飛，以達到自己圖私的目的。他在《皇朝大事記》中評論道：「兀朮提出先殺岳飛再談和議之事時，秦檜早有與兀朮串通之意，然後再聯合和他『志同道合』的大將張俊，兩人共同設計陷害岳飛，不達到目的絕不罷休。彼時万俟卨自願接受陷害岳飛的任務，故迅速從諫議一職陞爲中丞。而後王俊、姚政、龐榮、傅選等人從中附和，個個皆爲謀求個人在職位、私利上有所斬獲，所以他們也同流合污，共同構陷忠良，而岳飛被殺的罪名，『莫須有』三字，大將韓世忠認爲無法取信天下，因此向秦檜據理力爭，然不被接納。岳飛被賜死後，韓世忠也遭罷黜，朝廷對內大權，完全被秦檜控制。」

這一段議論，很清楚地道出秦檜在岳飛冤獄事件中扮演的角色，沒有秦檜的狠心殘殺忠臣，忠心耿耿的岳飛不會冤死獄中。

㈢張浚

明・李京

明人李京在著述中提到另一個不同的看法，他認爲秦檜害死岳飛，雖是罪惡深重，而眞正造成岳飛陷入冤獄的關鍵人物，應該是宋廷大將張俊，而爲張俊設計的人則是張浚，因此張浚才是策畫構陷岳飛的主腦。李京所持的理由是，岳飛不肯聽從秦檜的命令，堅持主張北伐。秦檜便下令，命岳飛前往和張俊商議事情，不料張俊因為統率淮西軍之事，和岳飛關係不甚和諧，遂向高宗上奏岳飛的不是。

李京在文中又說：「張俊和楊沂中，都是岳飛故居的長輩，因此對岳飛在短期間內即承高宗厚愛，迅速升任要職，都有一點嫉妒的心理，因此當岳飛和張俊在商議重要軍情後，張俊便把機密的軍事情報洩漏給張浚、秦檜等人，希望能獲得他們的幫助，共同排擠岳飛。」正因張浚對岳飛不滿，故設計予以加害。李京最後批評張浚，說他「身爲一個接受儒家思想教育的士大夫，不同於行伍出身的張俊，而竟只因爲個人的嫉妒心，驟然加害忠良，張浚的罪過，令人不得不同聲譴責」。

李京的看法讓我們對岳飛的冤情能有一種新的瞭解，岳飛之所以被陷害，不單單是政見上的歧異而已，也是南宋紹興年間一樁不尋常的政治陰謀。

七、肯定岳飛盡忠報國的精神

人沒有十全十美的，尤其一個在歷史上引起爭議的人物，他的偉大可能不僅僅是他的成就，而應該是在他毀譽參半的成就背後所蘊含的一股精神，對整個源遠流長的民族歷史造成的影響；岳飛正是這一類人物的典型。

岳飛的備受推崇不單單是他軍事上的成就，或他矢志中興宋室的愛國情操，最重要的應該是，在他不斷歷經挫折的三十九年生命中，未曾因為不斷的悲劇和壓力，而喪失他對民族、國家的一份熱切殷望。對一位深受傳統政策壓抑的武將來說，岳飛的精神，正在他創造了一種不屈不撓的強烈的愛國鬥志，在民族史頁上，寫下了不朽的一章。

宋・文天祥

文天祥曾和岳飛的曾孫互通書信，在信中文天祥稱道岳飛：「在南宋中興初期，岳飛手持天戈護衛天下，他的忠義和日月爭光。聲名遠播軍中，對國家社稷有大功，如此豐功偉業，在歷經百代以後，仍將被傳誦、稱譽於後世。」可見文天祥十分敬重岳飛，頗有英雄惜英雄的胸懷。

《宋史》

《宋史》評論：「西漢以來，除韓信、周勃、灌嬰等名將外，歷代都有不少傑出的將領，但要想找到像宋代岳飛那樣文武全才、仁智並兼的名將，恐怕並不多見。史書常道關雲長對《春秋》、《左傳》有精深的研究，但卻不曾看到關雲長的文章。反觀岳飛，在進軍北伐時，率軍到達汴京附近的朱仙鎮，高宗下詔班師回朝，岳飛即親自提筆撰寫覆函，上書高宗。文中忠義之言，句句出自肺腑，眞有古代諸葛孔明的遺風。只可惜最後死在奸相秦檜手中，倘若讓岳飛能夠一酬壯志，則靖康之恥便可洗刷，國仇便可討回。」

明・李夢陽

詩人李夢陽對岳飛也有一番褒揚，認爲岳飛是一代完人，爲了保全公正義理，犧牲自己，發揚春秋士可殺不可辱的民族精神。

李氏肯定岳飛盡忠報國的大公精神，謂其雖受制於奸人，但寧願赴死也不願反叛自己的國家和君主，把民族至高的情操發揮得淋漓盡致。

民國・李漢魂

李漢魂在《岳武穆年譜》中的一段自序稱讚道：「本人以為國家的根本在於民族，而民族精神，更是立國重要的因素。岳飛此人，是人倫發揮到極高的象徵，他是中華民族的英雄。岳飛的壯志在復興中華民族，而不是對異族進行侵略，他一心一意為匡興宋室而奔波，一點也不計較個人的功名利祿，這才是他發揮民族精神的眞諦，絕非那些以個人事業成就互相炫耀者所能領悟。緬懷往古，盱衡今茲，世界尚未大同，止戈仍須講武，就國族而言，不能因為一時的勝利，而忽略國防；就個人而言，尤不應因自己一時的得失，就喪失自我。這是我們緬懷岳飛事蹟時，所應該省思的。」

民國・王曾瑜

王曾瑜在《岳飛新傳》的最後，對岳飛的民族精神做了一番評價，他說：「綜而論之，岳飛功大於過。爲了國家的進步和統一，岳飛不屈不撓地奮鬥了半生。即使生命的最後時刻，亦念念不忘盡忠報國的誓言。尤其在紛亂的南宋初年，岳飛始終站在時代前列，組織和領導抗金軍民，堅持了正義的抗金鬥爭，表現了崇高的民族氣節，保衛了高度發展的漢族文化，體現了人民的願望和信心，他眞不愧是我國歷史上一位偉大的民族英雄。」

以王氏左傾的思想，卻也肯定了岳飛在民族精神方面的重大貢獻，可見岳飛的偉大，並不是平白被推崇的。

八、岳飛在歷史上的地位

自宋以來，岳飛的歷史地位隨時代更替而有升降，在此略以朝代爲序說明之。

(一)宋代

岳飛屢次打敗入侵的金兵，結果在和韓世忠、張俊三個大將一起被解除兵權之後，反倒被誣告陰謀造反，而在獄中冤死。這是宋高宗紹興十一年（一一四一年）的事，此後多年都沒人敢提。一直到二十年後，金兵再犯，高宗也下令親征，在長江方面布置防禦，這才開始追赦岳飛的罪名和他的家屬，並恢復他們的自由，在赦免的詔書中把岳飛、張憲和北宋末年以來所有人痛恨的蔡京、童貫並列。其用意在強調，赦雖然是赦了，但還是國家的罪人。

隆興元年（一一六三年）高宗內禪，孝宗繼位，頗思自強，例如重新起用張浚，召見朱熹，許陳亮上書，此時才賜還岳家的田宅。意即取消舊案，宣告岳飛無罪。但仍不能追悼岳飛，因爲高宗是太上皇，仍在幕後主持大政。乾道六年（一一七〇年），孝宗答應鄂州地方人民的請求，立廟紀念岳飛，詔忠烈廟額。一直到淳熙五年（一一七八年）高宗已年老衰眊，朝臣也非舊時人物，孝宗這才追謚岳飛爲武穆。最後南宋企圖反攻金國，在寧宗嘉泰四年（一二〇四年），立韓世忠廟，岳飛封鄂王，連鮮有功績的劉光世也封爲鄜王，這是因爲南宋政府要「風厲諸將」，故而利用岳飛等舊日的聲望，並非眞心追念岳飛。

朝廷以外，南宋當時的士大夫，對岳飛並不太看重，如朱熹很推崇他，但也說他有若干缺點。朱熹認爲岳飛不能被稱爲儒將，因爲岳飛的出身太低，雖然岳飛能文、識理，但他的英雄氣質不合儒家的修養，故不能稱之爲儒將。此時，道學家尚未全盤控制思想界，所以岳飛也並未受到十分推崇。南宋文人詩文頗多，可是哀悼頌揚岳飛的詩，較有名的，也只有黃文雷等人的三兩首。然在私家著作筆記之中，情形便有所不同，其中很多稱讚岳飛的事蹟，同情他的千古奇冤，甚至有關於他生前神話式的記載，和他死後迷信報恩的傳說。這些材料，都和後來小說戲劇的發展有關。一般來說，南宋當時，因爲毀譽未定，岳飛的歷史地位並不算高。

㈡元代

元代是中國第一次全部被外族統治的朝代，漢民族的心理，也就在若干方面有更強烈的表現。

官修的《宋史》，多半是由尊崇朱子以來道學思想的宋代遺老，和受他們影響的史家編撰。因此《宋史》中的《岳飛傳》和其他有關章節，大部分根據岳飛的孫子岳珂所編的《金佗粹編》和《金佗續編》，其中有些誇張，故而岳飛在正史上的地位，被提高許多。

文人作詩追頌岳飛的也多了起來，最有名的出於趙孟頫。趙氏本來是宋代宗室的後人。他弔岳鄂王墳的七律，中間四句有名：「南渡君臣輕社稷，中原父老望旌旗。英雄已死嗟何及，天下中分遂不支。」把岳飛被迫退兵，繼而冤死，和後來宋代亡國，連結在一起。

元代統治者並不太注意民間的思想，因此祭祀岳墳岳廟，有增無減。

另外，講唱文學可能在南宋就有岳飛的故事，到了元代，至少有兩種劇本：《東窗事犯》和《宋大將精忠岳飛》等劇本。

㈢明代

岳飛的歷史地位，到了明代，不但達到最高峰，並且其忠義形象也普及整個社會。主要有以下幾個原因：

1. 政府有意表揚民族英雄。董其昌的〈湯陰縣岳祠記〉說得最明白：「旌忠者，我明之厲世，戡亂之時，表章尤急。雖非借材於異代，實可激恥於懦夫。」把岳飛當成激勵風氣的榜樣。

2. 明代教育普遍發達，中科舉者固然多，在考試或仕途中失意，藉文章發泄感慨的更多。中國古史，有名的武將大半不懂文章之事。稱爲武聖的關羽，也許能看《春秋》，但究竟沒有作品傳世。岳飛則不但有詩有詞，而且尊重讀書人，喜歡接近文人。他的確是最能引起士大夫共鳴的武將和英雄。

3. 明英宗在土木之變被俘，景泰帝繼位，後來英宗復辟，結果有功的大將于謙被殺。這件悲劇，和岳飛近似，幾乎是歷史的重演，因此若干文人，不便批評本朝大政，便以岳飛爲題，用〈滿江紅〉詞牌另塡新句，最有名的便是文徵明。岳飛的地位經過明代後，受到士大夫階級的認可，才被肯定。

岳飛歷史地位，在明代達於頂點，不僅是朝廷與文人的關係，民間信仰的力量更大。

除了最普遍的說岳一類小說，另外也有一些較好的戲劇，如《精忠記》和《精忠旗》兩種。同時，民間已經把岳飛奉爲神明，和到處有關帝廟的情形差不多。

明末，政府承認了這種社會現象，因此在萬曆年間加封岳飛爲三界靖魔大帝，成爲民間共同認可的信仰。

(四)清代

清代滿族統治，嚴防漢族不服從，以高壓、懷柔，雙管齊下。高壓處有文字獄、焚書等措施；懷柔則又竭力以聖訓爲教，灌輸忠孝觀念。因爲岳飛抗金，而滿人本來自稱後金，所以政府不祀岳飛，可是乾隆自己卻寫了兩首詩，表示贊許其忠孝，惋惜其受冤的感嘆；然在小說、戲劇方面並沒有長足的進步。所以籠統說來，在清代的思想中，岳飛的地位從明代的頂點轉而下降。

(五)民國

經過宋、元、明、清四朝，將近八百年的時間，岳飛在歷史上的形象已大致受到肯定，雖然有清一朝，官方並不大力提倡，但在民間長期的崇拜下，岳飛盡忠報國的精神仍然受到讚揚。

這種遺風到了民國，有了更進一步的發揚，許多名流雅士都曾在岳廟中題字，最著名的是民初大教育家蔡元培曾題一對聯，開頭一句便是「民族主義」，把岳飛塑造成民族英雄，認爲値得每一位中華兒女效法。

抗日時期，爲了振奮軍心，岳飛最著名的文學創作——〈滿江紅〉，被改編爲愛國歌曲，在大江南北傳誦謳歌，激勵著每一位炎黃世胄，拋頭顱、灑熱血，共赴國難。

這個時期，岳飛的歷史地位重新被肯定，被每一位中華兒女所尊崇，他成爲抵禦異族侵略的最佳典型。

後記

或許我們可稱岳飛是一位悲劇人物，正如英國大文豪莎士比亞筆下的哈姆雷特，他們有著相同的命運和際遇。

岳飛誕生在一個綱常不振的亂世，歷經三十年的兵馬倥傯，最後還是在紛亂的時代，以悲劇結束了短暫的一生。他不像唐代郭子儀，雖也出生亂世，憑著一身本事，中興唐室，功高震主，卻照樣福祿壽一應俱全。岳飛的悲劇，在於政治的鬥爭失敗，以致成為政治陰謀的犧牲品。如果局勢能夠稍微對南宋有利，則岳飛的命運即將改觀，而其形象也可能不再是我們記憶中的岳飛。他或許會變成跋扈的軍閥，甚至是第二個「趙匡胤」。只可惜，歷史的舞台將悲劇的角色交給他，把岳飛從軍閥變成英雄豪傑，也成就了他在歷史上的地位。

筆者不揣固陋就個人的心得，提出以下幾點對岳飛的看法：

第一點有關岳飛的個性和思想。筆者認為岳飛待人友善、重感情、事母至孝等德性，沒有值得懷疑的地方。他對老師周同的重義、對部屬的照顧，和侍奉母親的孝心，都可從《宋史》或其他史書記載中獲知，不再贅述。筆者想針對另一層面，深入剖析岳飛的個性，即其所接觸的教育環境和時代背景如何影響岳飛的個性和思想，及其在政治上的發展。

根據《宋史》記載，岳飛出生於一個務農的家庭，家中並無曾獲功名的親人，所以他並沒有被薰陶成一個熱中功名的青年。何況他家境清寒，根本沒有機會去書院接受啓蒙，只有由他的母親教授一些基本的學識，並直接灌輸他忠孝的思想。不像宋代一般接受正規教育的士人，在啓蒙時，便被導引接受追求功名的投機心態，故而較懂得權宜善變。相較之下，岳飛的想法較單純直樸，也容易嫉惡如仇，對是非判斷採取絕對的觀念，況且他後來長年服務軍旅，也造成他是非判斷絕對化的個性。他喜歡讀《春秋》、《左傳》等史書，忠孝觀念和思考模式完全受儒家思想影響，對君君、臣臣這一套政治觀念十分重視。加上他少年得志，難免年輕氣盛，行事偶會顯露幾分驕氣。

他初進軍旅從基層幹起，爲人部屬時，尚能聽從長官指揮，但當他成爲一名手握重兵的高級將領時，其個性必使得他和政治人物發生糾葛，以致難免得罪政客。因此當他倡言反對主和派的議和政策時，自然會受到排斥。以岳飛的思想觀念，他絕對不可能屈服於文人系統的偏安政策，而放棄進兵北伐，收復中原故土。他強烈的民族意識，也一再催促他進行抗金的活動。

紹興十年（一一四〇年），當岳飛大破金兵於朱仙鎮時，他內心直搗黃龍的使命感更強烈，對宋廷和漢民族前途更滿懷信心。不料，七月十八日，突然從臨安接連頒下了十二道金牌，命令他班師回朝。岳飛心知不妙，短短幾日之間，竟起了如許變化，當時即有部將向他建議「將在外，君命有所不受」。岳飛也明白班師回京，抗金大業必然功虧一簣，而且回到臨安後，必遭反對者控制，甚至有生命之危，這使岳飛頓時陷入矛盾的糾纏掙扎。

此時，自小所受的教育開始對他的決定發生了重大影響，母親的教忠教孝、《春秋》書中嚴厲的君臣本分、眼前的生死關鍵和民族大業，令他在「反叛」和「忠君」之間，猶豫躊躇。最後，岳飛選擇了「忠君」，他寧願選擇忠君而致悲慘的下場，也不願背負「反叛」的歷史罪名。至於他嫉惡如仇的個性，和年少的傲氣，已令他難以立足政壇，更何況岳飛以軍事系統的身分，亦無能在重文輕武的宋代政治舞台掌握權勢。種種主客觀的因素都造成了岳飛一生無法彌補的遺憾。

就時代背景來探討岳飛冤獄的悲劇，亦令人不勝唏噓。宋代開國以來，國勢即積弱不振，外患頻仍。契丹、西夏、女眞、蒙古相繼寇邊，甚至入主中原，稱帝建制，這在一向以春秋大義爲號召的宋代，無異是一項殘酷的事實。因此不少仁人志士、英雄豪傑便高舉民族大旗，進行驅逐異族的神聖使命，特別是在剛經歷靖康之禍的南宋初年，這種民族情緒尤其高昂。岳飛在這種時代風氣的影響下，自然也以抗金爲己任。因此當他知道秦檜等人主張議和，義憤塡膺，逕行向朝廷表達強烈的反對。

然而維持南宋偏安，和金人談判，是高宗透過現實的政治眼光，所考量出來的一種策略。因爲南宋初年政情紛亂，內外派系的分裂和叛亂的迭起，加上軍政不振，民生凋敝，在在顯示南宋沒有匡復中原的足夠力量，至多只能和金人維持均勢的狀態，即使略有幾次勝利的軍事戰功，對整個局勢也難有關鍵性的改變。因此高宗、秦檜等人從政治利益著眼，當然不願南宋將領破壞整個局勢的平衡狀況。何況，武將如果功高，必然擅權，高宗唯恐將來如果北伐成功後，會演變成軍閥割據，對自己帝位構成威脅。所以當金人向他提出先收回諸將帥的兵權再議和時，高宗欣然接受，先後收回韓世忠、張俊、劉錡、岳飛等人的兵權，委以樞密使、副使等文職。然金人深懼岳飛有機會重掌兵權，遂威脅高宗、秦檜，必殺岳飛才肯和談。高宗不得已，只有委任秦檜執行此事。岳飛就在這種爲求政治妥協的時代背景下，被誣以莫須有的罪名，造成悲劇。

南宋初年時代背景和岳飛的教育環境相互影響下，釀成了岳飛被誅的歷史慘劇。岳飛若肯向政治勢力低頭，從政治鬥爭中急流勇退，則可保全其身。然若如此，便無法凸顯岳飛偉大的人格，更無法塑造出他在歷史上愛國者的形象和地位。

第二點則是關於軍閥的爭論。到底岳飛是不是軍閥？自宋代以來即是爭論不休的問題。民國二、三十年代，史學界流行一種說法，認爲南宋諸將跋扈囂張，其跡近乎軍閥。但是今日我們有幸多閱讀了一些資料，能夠從中探討岳飛諸將的行止，以一究軍閥的爭論。我們試著從唐末五代藩鎮及民國初年軍閥的定義，及其產生原因來分析南宋時代諸將擅權的情況。

近人張玉法認爲軍閥是指自樹武力，與中央政府若即若離的軍人。這種軍人，通常有一個固定的或流動的地盤，在地盤之內，行使半獨立的或接近獨立的統治權。這種軍人，不僅民國初年有，即漢末的州牧、唐末的藩鎮，都可說是軍閥。民國初年的軍閥，多爲各省的督軍，也有較督軍爲小的將領。這些軍閥，進可操持中央政治，退可割據一方，無論他們的權位如何，他們都以武力爲後盾，以保有並擴張自己的權位，忽視國家的政治與法律。軍閥大都產生在中央政府力量衰微，無權駕馭之時，他們控制自己地盤上的軍事、經濟、政治等權力。因此他們普遍具有以下的特性：

1.養兵的目的是追求個人及本軍的利益。

2.以武力爲解決爭端的正常途徑。

3.軍事權不受行政權的約束。

4.罔顧國內的秩序與法律。

從以上的幾項特性，我們可以清楚地明瞭軍閥的眞實面貌。而將這種軍閥的性格印證在南宋諸將身上，可發現到許多疑點：

首先是地盤問題，軍閥要有個人的地盤，才能發揮個人的權力，但是南宋初年的將領很難擁有個人的地盤。以岳飛爲例，他雖然在紹興四年，三十二歲以後就被授爲節度使，常駐在鄂州（武昌），而且他也曾分別屯駐在宜興、江州各一段時間，但他都沒有完全掌握該地的政治、司法權力，對該地的政務也無權過問，而其調度兵力，更完全視中央政府的詔令而行。鄂州只不過是岳家軍駐紮的大本營，以及岳飛平時從事軍事訓練及辦公的地點而已，他根本無權控制鄂州該地，而襄、漢這一片遼闊的地區也只是他的防區，他從未擁有這片地盤，在此他所能做的，不過是在這一地區部署兵力和籌措一些軍糧而已。

其次就養兵而言，藩鎮和軍閥培養武力，成爲個人發展的後盾，完全只是爲追求個人利益。而南宋諸將中的岳家軍、韓家軍、吳家軍，只是以將領的姓氏冠於軍隊之上，並不代表是他們私人的武力，他們仍然必須接受中央政府的節制和調度。更重要的一點，是他們不單單追求個人的利益和榮耀，他們更必須配合國家整體的軍事戰略，而不能一意孤行。他們兵源的擴充與編制，都要政府允許，才能有所增加。岳飛在紹興初年統率的軍隊還不到一萬人，到了紹興七年官拜太尉時，才增加爲十萬大軍，其間都是從流民、降軍中加以整編，經過朝廷的認可才增加的軍隊。這一切在說明軍隊雖掌握在諸將領的手中，卻仍然得聽命於朝廷。

再者，南宋諸將中，彼此之間雖偶有摩擦，或者政治、軍事調度上意見不盡相同，但他們卻不曾動用軍隊，以武力來解決雙方的爭端。大都是以政治鬥爭或談判方式來消弭雙方歧見，不像民初軍閥，爲爭奪各自私利，無視中央政府的存在，一切爭端皆訴諸武力，導致國家內亂，社會動盪。南宋將領只有在平定盜寇及抵禦金人時，才動用軍事力量，而對於軍事將領之間的歧見，則依賴中央政府的詔令行事。

至於南宋諸將領是否曾威脅到中央政權的存在，則更值深究。我們必須從觀察南宋初期中央與地方之間的關係著手，來瞭解岳飛和中央權力分配的過程中，是否曾因衝突而導致中央政權的掌握者，不計一切陷害岳飛。

其實，最主要的原因是宋高宗繼承了自宋太祖以來的傳統家法，不許大將專制兵權，也不多加封藩鎮，完全實行中央集權，皇帝是唯一的權力中心。然而高宗時代，卻必須仰賴軍隊輔助，才能和金廷保持均勢，偏安江南。所以他手下產生了一些大將，如張俊、韓世忠、劉光世等人。其中岳飛更是受人矚目，因爲他有長遠的北伐計畫和抗金壯志，加上他屢立戰功，令金軍聞而喪膽，成爲「能戰而後可和」的最佳依恃。不料，高宗生怕和金人力拚到底，會形成諸帥擁兵自重，不受中央朝廷節制，而重演五代藩鎮割據，兵變頻仍的歷史。所以他對反對主和最力的岳飛，進行了一場政治整肅，藉此剷除日漸擴張的地方勢力，以避免威脅到中央政權的存在。

從岳飛被害的例子來看，可推論出地方軍事勢力已潛伏著一股龐大力量，令高宗、秦檜惶惶不安，所以在尚未聚合成爲一股反對力量時，幾個主要將領的勢力就被中央的力量瓦解，才有韓世忠被黜職，岳飛被陷害等事。

第三點所欲探知的是，秦檜究係金人派遣的間諜，抑或是僅爲個人私慾而加害忠良？

秦檜字會之，宋江寧人（今江蘇江寧縣）。宋徽宗政和年間進士出身，歷官至御史中丞。靖康之禍以前，他本對金人採敵對態度，對趙氏政權忠心耿耿，故當金人攻陷汴京，將徽、欽二帝俘往北方時，欲於中原扶立傀儡政權，立議新主，金人屬意張邦昌稱帝，秦檜卻獨持異議，率諸人上書金主，乞立趙氏子孫。因此觸怒金人，全家被俘至金廷。同時被擄去的宮廷人物以及群臣共約三千人。秦檜被虜後，金人十分敬佩他的忠心，所以特別優遇他，將他安置在撻懶帳下，秦檜前後在北方四年，從靖康元年（一一二六年）至建炎四年（一一三〇年）。而後，建炎四年十月初二歸宋。據史書所載，秦檜是趁金人疏忽之際，帶著妻子家人偷偷由北方行舟逃到南方，最後回到浙江臨安，覲見高宗趙構，並上書南北議和的策略。以常理推斷，秦檜能從北方安全回到臨安，似乎頗多疑點：

1. 若秦檜果自金中京逃亡南歸，則同時被拘之宋臣如何㮚、孫傅、司馬樸等何以皆無法逃脫，而秦檜竟能一家都安然脫險？

2. 從金中京到燕京（今北平）有千里之遙，而燕京至楚州也相距大約二千五百里，合計超過三千里，古代的交通工具非船即馬，否則只有步行，秦檜怎能藉此安然通過金人的防線？即使金人不設防，讓秦檜諸宋人能大搖大擺地逃脫，而其他宋室大臣又何以無人回到南宋？由此推知，金人是刻意安排縱秦檜歸宋。

3.秦檜逃回宋廷後，辯稱是隨撻懶的軍隊攻楚州時，趁金人不備而逃出。照此說詞推斷，金人既令秦檜隨軍出征，則必將其妻室留在北方，作爲人質，以防其變節，秦檜怎可能攜家帶眷，一起逃出金人防線？

4.秦檜一回到南宋，便大倡「天下無事，南人自南，北人自北」的言論，甚至還提出「河北人還金，中原人還劉豫」的看法，都和金人以後倡言議和的主張一一吻合。所以秦檜若非被金人收買，又怎麼可能一歸南宋，便積極呼籲議和。畢竟，他剛逃離虎口，譴責金人對他的囚禁猶恐不及，怎會大反其道迎合金人的主張呢？可見他是金人特意安排的一顆棋子，爲促成宋金雙方和議工作。

從上述幾點，我們可以很清楚地看出，秦檜是受金人思想改造後故意縱歸的。至於金人之所以選中秦檜，主因是金人擄去徽、欽二帝後，康王趙構於應天府（今南京）繼位，在江南重建政權，聲言要光復中原，報二帝蒙塵之仇，此舉令金人頗爲不安。再加上金人在中原地方所新立的僞楚帝張邦昌，三十七日便還政下台，以華制華的陰謀成了泡影。但金人仍想在南宋朝廷暗樹傀儡，而在宋室被俘諸臣中，金太宗吳乞買特別賞識秦檜，認爲他才華出眾，爲人乖巧，所以特予任用，派他返回南宋，從事裡應外合的工作。即使無法在南宋另立傀儡政權，以取代趙宋，也可令秦檜削弱南宋內部主戰勢力的氣勢，以減少對金人構成的威脅。

秦檜回到南宋後，獲宰相范宗尹力薦，得以見到宋高宗，獻上和議之策略，甚得高宗心意，於是就在紹興元年（一一三一年），即回朝次年，被任命爲禮部尚書，不久陞遷參知政事，其後進而爲相。秦檜當上宰執以後，宋廷對金人的政策便大起轉變，過去對金的政策是且戰且守，打打談談；自秦檜掌握相權之後，則主張解仇議，力主中國「南自南、北自北」。不料秦檜任相一年，因短時間內無法樹立黨羽，更因主張議和，被眾臣看穿其政治企圖和不軌野心，向高宗上奏罷免秦檜，他只有被迫離職。然經過數年，宋廷又恢復與金議和的商談，秦檜因此得到東山再起的時機。

紹興八年（一一三八年），秦檜得到張浚的推薦，復出爲官，一路升到參決尚書省樞密院事，也開始了他和高宗的政治陰謀，他積極拉攏金人議和，並構陷金人的眼中釘——岳飛。從他陷害岳飛的事實，就可看出——秦檜根本就是金人派遣在南宋臥底的奸細。南宋諸將中，金人最懼怕的將領，便是令他們聞風喪膽的「岳爺爺」和他那一支足以撼山岳的岳家軍。因此金人千方百計要除去岳飛，故授命秦檜務必煽動高宗誅殺岳飛，並在議和條件中附上這一條無理要求。這也是秦檜要以「莫須有」罪名，必置岳飛於死地的一個重要原因。其次，或許就是他私慾作祟，不願看到岳飛諸將擁兵擅權，阻礙他政治權力的發展，故此才和高宗合謀，自甘成爲高宗利用的工具，做屠殺忠良的劊子手。

對這一場紛擾不休的政治鬥爭，並不是所有的史評家都反對秦檜，如前述爭議中所引的南宋王明清、清趙翼等人都對秦檜持正面評價，他們認爲：「宋之所以能夠立國，始終是以和議政策求生存，以不和議而亡國。」並以此肯定秦檜對南宋的功勞。這種說法雖有其論點所在，卻無法令人心服。因爲高宗和秦檜意欲主和，也未必非殺岳飛不可。畢竟，岳飛生死與否和南宋偏安並沒有絕對的因果關係。南宋的生存並不是一定要岳飛被誅才能維繫；何況，岳飛的軍事力量正是和談的最有力後盾。即使岳飛和秦檜在政治主張上有所不同，但只要能收回岳飛的兵權，也就大可不必置岳飛於死地。所以很顯然地，秦檜是受了金人的命令，欲誅除一切對金人構成威脅的將領，其中當然包括了戰功最輝煌的岳飛。這也是秦檜在歷史上所犯下的最大錯誤。

至此，我們綜合出一個結論，秦檜可能是金人所縱歸的間諜，負有提倡和議，消除歧見者的任務，以削弱宋人北伐中原的力量，讓金人安穩地坐擁半壁江山，甚至可伺機侵犯南宋，完成大一統的心願。而秦檜所得到的報酬，可能是管理金人在江南地區的政權，當一個有名無實的傀儡皇帝，否則，他怎麼肯冒死臥底南宋，倡言和議呢？

第四點我們且從宋代官僚和儒學的忠君觀念來討論岳飛。檢討歷史，無論是根據任何理論或觀點，都不能不就當時環境，做通盤的瞭解。以此態度結合岳飛的事蹟和當時的政治、社會，使其成多元性的整體關係。前人討論岳飛，殆半著重於宋高宗、秦檜及南宋其他大將，甚少提到士大夫集團。其實，在傳統中國官僚體系下，特別是宋代，往往任用文官，尊崇儒學，以構成一個重要的領導階層，故而岳飛和文人官僚系統的關係有必要做一番探討。

由於宋代特別重文輕武，因此產生所謂的「儒將」。例如北宋初期的寇準、韓琦、范仲淹，以及北宋末年的李綱和南宋後的虞允文。而儒將的判定有一定的標準，那麼岳飛到底算不算是儒將呢？這個問題，頗值玩味，從當時的新儒學大師朱熹對岳飛的看法，我們可看出一些脈絡，朱熹對岳飛十分稱讚，但他並沒有稱道岳飛是一位儒將，他只稱岳飛是一位武人，其因是岳飛的出身太低，他認爲岳飛僅是河南一個小村落裡的農家子弟，毫無顯赫的文化背景。而且岳飛的英雄氣質，不合儒家的儒將標準，所以朱熹認爲岳飛才華出眾，自己以英雄自居，故而造成外人對他恃才傲物的印象。換句話說，在士大夫控制的官僚體系下，岳飛正義的英雄作風無法得到贊許，所以在以儒家觀念爲主的宋代，岳飛不能被稱爲儒將。

宋代的官僚體系，對收回武將兵權一事十分贊同，他們十分嚮往宋太祖杯酒釋兵權的措施。大部分士大夫也都抱有重文輕武的看法，他們積極向朝廷表示，希望能由文臣來領導軍隊，以削弱武將的軍權。所以在高宗時期，秦檜結合部分士大夫，向高宗建議收回韓世忠、張俊、岳飛三大將的軍權，經過高宗的同意，終於使得南宋的軍事將領，都在文人的控制下。

當時的士大夫究竟對岳飛的印象如何？岳飛下獄後，宋廷的士大夫，竟沒有一個文官敢爲他仗義執言，只有同屬軍事系統的韓世忠爲此責問秦檜，並要他赦免岳飛。其次是宋室趙士㒟和建州的一個平民劉允升上奏，訴說岳飛的冤情，結果自己也遭到被處死的厄運。從這種種情況看來，南宋的士大夫都畏懼強權，不敢插手岳飛之事，甚至袖手旁觀，幸災樂禍。

本書最大的目的，是希望能把岳飛其人其事的眞實一面呈現出來，讓讀者能從客觀的角度去瞭解歷史人物的動向。

附錄——年表

年號	西元	年齡	事蹟
宋徽宗崇寧二年	一一〇三年	一歲	歲次癸未，二月十五日。生於相州湯陰縣永和鄉孝悌里程崗村。是歲爲宋徽宗在位第三年。
大觀元年	一一〇七年	五歲	宋高宗生於是年五月二十一日。
政和五年	一一一五年	十三歲	居家力學。女眞完顏阿骨打稱帝，國號金。
重和元年	一一一八年	十六歲	夫人李氏來歸。宋遣馬政浮海使金，與金通好。
宣和元年	一一一九年	十七歲	長子岳雲生於湯陰故里。金遣使李善慶及散睹，同馬政來宋修好。

宣和二年	一一二〇年	十八歲	居家力學。 宋金約夾攻遼，以取燕雲之地。
宣和三年	一一二一年	十九歲	從周同學箭。
宣和四年	一一二二年	二十歲	從軍爲小隊長，擒相州賊陶俊、賈進，父和薨，奔喪還湯陰。 金人攻遼，遼五京悉爲金有，童貫攻遼敗績。
宣和五年	一一二三年	二十一歲	守制居故里力學。 金人以誓書及燕京六州來歸。
宣和六年	一一二四年	二十二歲	任韓琦家中佃農，赴平定軍任偏校。 遼亡。
宣和七年	一一二五年	二十三歲	在平定軍。 金人分道入寇，徽宗懼敵，十月二十四日禪位於欽宗。

宋欽宗靖康元年	一一二六年	二十四歲	次子岳雷生於湯陰故里，破榆次縣賊。投效大元帥府於相州，平賊吉倩，補承信郎。敗金兵於侍御林，轉保義郎。敗金軍於滑州，遷秉義郎。 金人圍京師，康王奉命出使河北，受詔爲兵馬大元帥，設帥府於相州。
宋高宗建炎元年	一一二七年	二十五歲	戰開德，轉修武郎。戰曹州，轉武翼郎。受陣圖於宗澤。從大元帥至南京。上書奪官，詣張所，待以國士，借補武經郎，充中軍統領。渡河復新鄉縣，敗金人於侯兆川，進戰太行山，擒金將拓跋耶烏。復歸宗澤爲留守統制。

			京城既陷，金人立張邦昌爲楚帝，並挾徽欽二帝北去。大元帥五月初一即位於南京，改元建炎。初以李綱爲相，宗澤爲東京留守，張所爲河北招撫使，惜不久俱罷。
建炎二年	一一二八年	二十六歲	在鞏縣守護陵寢，戰汜水關、戰竹蘆渡，轉武功郎。母姚氏，夫人李氏南來至鞏縣。宗澤薨，詔以杜充代之，岳飛隸屬之，仍任統制。
建炎三年	一一二九年	二十七歲	大破叛將王善等於京師南薰門，轉武經大夫。擒杜叔五、孫海，轉武略大夫借補英州刺史。解陳州圍，轉武德大夫授英州刺史。從杜充往建康，敗賊張用於鐵路步、戰馬

建炎四年

一一三〇年

二十八歲

家渡，金人入建康。敗金人於廣德，俘其將王權。

金兀朮大舉南侵，帝奔臨安，遂至越州。兀朮陷臨安，遣兵渡浙追帝，帝航行海上。

移屯宜興，破盜郭吉等。敗金人於常州等地，光復建康，獻俘在臨安，平叛將戚方，遷武功大夫，昌州防禦使，通泰州鎮撫使兼知泰州。破金人於承州，俘其酋，渡江屯江陰，三子岳霖在宜興出生。長子岳雲從軍。

金兀朮敗走淮西，帝還越州，金立僞齊劉豫於北京，又遣秦檜自撻懶軍中縱使南歸爲金諜。

宋高宗紹興元年	一一三一年	二十九歲	詔副使張俊討李成，追敗李成於樓子莊，復敗李成於蘄州。招降張用，岳飛充神武右軍副統制，授親衛大夫、建州觀察使。遷神武副軍都統制，部兵屯洪州。 高宗改元紹興，秦檜爲尚書右僕射同平章事兼知樞密院事。
紹興二年	一一三二年	三十歲	以本職權知潭州，兼權荊湖東路安撫都總管。詔討曹成，大破曹成於賀州，追敗曹成於桂嶺。移屯江州。授中衛大夫、武安軍承宣使。平賊馬友黨於筠州，平劉忠餘賊於廣濟。 落秦檜相職。
紹興三年	一一三三年	三十一歲	平亡將李宗亮，詔討虔吉諸盜賊。

紹興四年	一一三四年	三十二歲	首擒羅誠等，平虔賊於固石洞，入虔城論囚。擒萍鄉賊高聚、張成。召赴行在，賜御書精忠旗，授鎮南軍承宣使，充江南西路舒蘄州制置使，置司江州，所部改爲神武後軍，充神武後軍都統制。 僞齊合兵入寇，陷襄陽唐鄧隨郢諸州及信陽軍，鎮撫刺史李横、牛皋、李道、董先等俱失守南來，詔並聽岳飛節制。 奏請襄陽六郡，詔兼荊南、鄂、岳、黃、復州漢陽軍、德安府制置使。復郢州、隨州、襄陽、新野、鄧州、唐州、信陽軍。移屯鄂州，行營田。授清遠軍節度使，湖北路

紹興五年

一一三五年

三十三歲

荊襄潭州制置使，特封武昌縣開國子、出師池州，解廬州圍。

金與僞齊合兵寇淮西，帝詔親征，次平江，會金兵糧盡，且聞國主病危，遂退師。張浚知樞密院事，視師江上。

入覲，授鎮寧崇信軍節度使，任荊湖南北襄陽府路制置使，充神武後軍都統制，進封武昌郡開國侯。命將所部討楊么。四子岳震出生在九江。自池州移軍潭州。大破楊么於洞庭，斬么首函送都督行府。加檢校少保，進封武昌郡開國公。還軍鄂州，任荊湖南北襄陽府招討使，所部神武後軍改稱後護軍。

紹興六年	一一三六年	三十四歲	宋徽宗崩於金之五國城（今吉林延吉）。趙鼎、張浚爲尙書左右僕射，並同中書門下平章事兼知樞密院事。 梁興等率衆來歸，兼營田使。入覲。移屯襄陽，改武勝定國軍節度使，充湖北京西路宣撫副使。母姚太夫人薨，降制起復。復虢州，遣楊再興復西京長水縣，破僞齊鎭汝軍。帝遣醫官至軍前療目疾，又遣內侍傳宣撫問。 僞齊劉麟、劉猊分道寇淮西，岳飛奉詔出師江州。會麟、猊敗遁，岳飛遂改圖陳蔡，因有西京等處之捷。

紹興七年	一一三七年	三十五歲	入覲。拜太尉，遷湖北京西宣撫使兼營田大使，扈蹕至建康，論恢復大計。奏乞終喪，還廬山。奉詔還軍，乞以本軍進討劉豫。論宜建都上游，並乞進屯淮甸。計廢僞齊。張浚免相職，以趙鼎爲尙書左僕射同中書門下平章事，並樞密使。
紹興八年	一一三八年	三十六歲	還軍鄂州。入覲。論和議非計，帝命詣資善堂見皇太子。秦檜再相，任尙書右僕射同平章事兼樞密使，是年冬和議告成，趙鼎、韓世忠、岳飛均力諫和議非計，胡銓上書乞斬秦檜。
紹興九年	一一三九年	三十七歲	授開府儀同三司。奏乞解軍務。五子岳霆生於江州。入覲。

紹興十年	一一四〇年	三十八歲	因和議成立，大赦天下。金人叛盟，加少保，兼河南府路陝西河東河北路招討使，旋改河南北諸路招討使。賜御札令援劉錡。大舉進兵，密疏請建儲，復潁昌府，復蔡州，復陳州，復鄭州，復中牟縣，復西京，復南城軍，大破金將兀朮拐子馬於郾城，復戰於五里店，斬阿李朵孛堇，梁興復懷衛二州。敗兀朮於小商橋，楊再興死亡。戰潁昌，殺金統軍上將夏金吾，復敗金人於臨潁，大破金兵於朱仙鎮，遣使修治陵寢，奉詔班師。奏乞解兵柄。入覲。金兵分道入寇，詔岳飛控扼，岳飛

紹興十一年	一一四一年	三十九歲	遂大舉進兵，因有郾城、朱仙鎮諸捷，軍聲大振。金將韓常等皆欲內附，兀朮亦欲北退，秦檜通敵，力勸高宗下詔班師。 援淮西，召赴行在。任樞密副使，與張俊同往楚州閱軍。改充萬壽觀使、奏朝請。冤獄，賜死於臨安大理寺獄。 和議又成立，高宗稱臣於金。

三十功名塵與土
一將功成萬骨枯

多少君臣將相，或開創帝業，或權傾朝野，或擁兵率軍，或擘畫改革；在太平與戰亂、興盛與衰亡中創造歷史，忠奸成敗，功過是非，留下不朽的功業和萬世的罵名。他們毀譽參半，褒貶不一，在謳歌讚揚與羞辱唾棄中擺盪，是可敬可愛，也是可憎可厭的爭議人物。

本系列的每本書以兩大部分呈現，第一部分為人物傳記，第二部分為是非爭議之處，針對爭議的主題來論述；因而不僅僅是人物傳記，它也是一部心理分析叢書，巨細靡遺地分析十二位在歷史上備受爭議人物的愛恨情仇及人格上的優缺點，希冀以歷史事實的敘述，加以探討，從中得到啟發。也讓我們逆向思考、反觀過去所讀的歷史，重新定義、評斷這些歷史人物的所作所為。

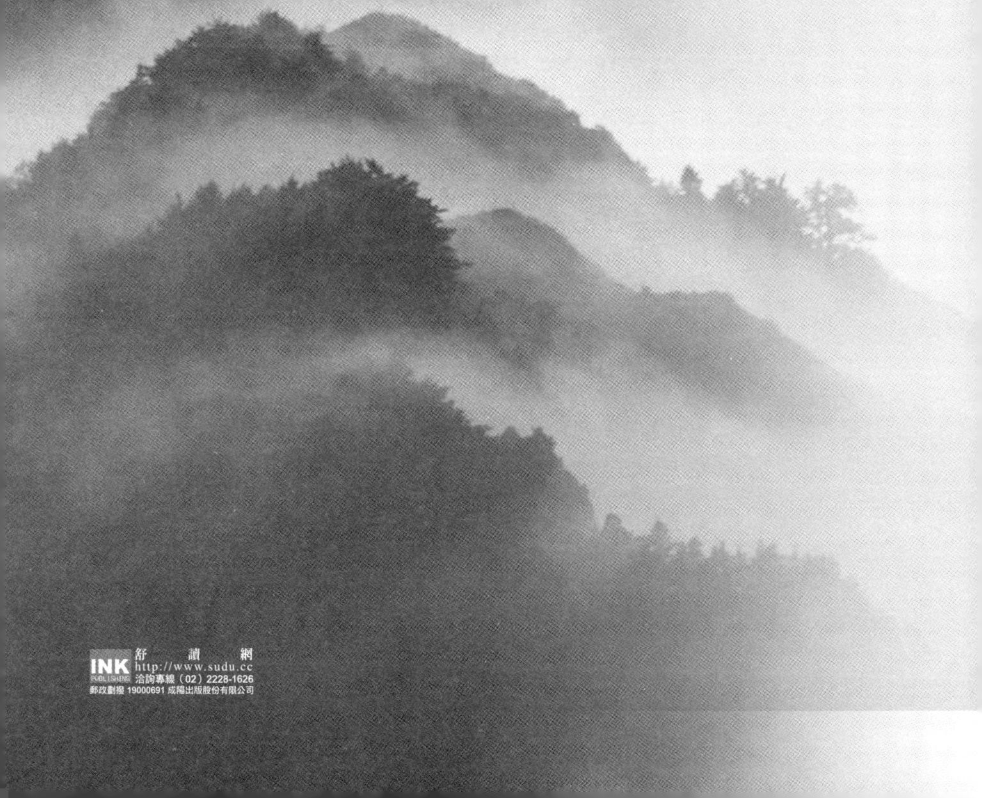

INK PUBLISHING

從前 7 功高震主：岳飛

作　　者　楊蓮福
總 編 輯　初安民
叢書主編　鄭嫦娥
美術設計　莊士展
校　　對　呂佳真　林其煬

發 行 人　張書銘
出　　版　INK印刻文學生活雜誌出版有限公司
台北縣中和市中正路800號13樓之3
電話：02-22281626
傳真：02-22281598
e-mail：ink.book@msa.hinet.net
網　　址　舒讀網http：//www.sudu.cc

法律顧問　漢廷法律事務所
劉大正律師
總 代 理　展智文化事業股份有限公司
電話：02-22533362・22535856
傳真：02-22518350
郵政劃撥　19000691 成陽出版股份有限公司
印　　刷　海王印刷事業股份有限公司

出版日期　2009年 2月 初版
ISBN　978-986-6631-47-4

定價　200元

國家圖書館出版品預行編目資料

功高震主：岳飛 / 楊蓮福著.
－－初版.－－台北縣中和市：INK印刻文學,
2009.02 面； 公分.--（從前；7）
ISBN 978-986-6631-47-4（平裝）
1.（宋）岳飛 2.傳記
782.852　98000792